Inhalt:

Über das Alter(n) habe ich bis jetzt nicht viel nachgedacht. Erst jetzt, da ich alleine lebe. Es kommt, ohne gefragt zu werden. Und dabei stellen sich gerade jetzt so viele Fragen.

Welche Träume lassen sich im Alter noch erfüllen? Wie geht es in einem Altersheim zu? Kann und will ich noch neue Freundschaften knüpfen, wenn ich in ein Altersheim gehe? Was fange ich mit der freien Zeit an im Ruhestand? Wie und wo sind meine Großeltern und Eltern alt geworden?

Viele Menschen im mittleren Alter haben eine genaue Vorstellung darüber, wie sie den Ruhestand verbringen wollen. Langersehnte Träume erfüllen. Endlich Zeit haben für all die schönen Dinge des Lebens.

Diesen Fragen will ich nachgehen und nach Antworten suchen.

Sowohl Erinnerungen aus der Kindheit als auch Geschichten aus dem Alltag mit ein paar literarischen Freiheiten, die sich die Autorin heraus genommen hat, werden authentisch und autobiografisch geschildert. Die Namen der Personen sind frei erfunden.

Auf humorvolle Weise werden Episoden aus dem Alltag des Älterwerdens erzählt.

Irmela Hauffe ist 1954 in Duisburg geboren, sie hat Chemie, Textilgestaltung/Kunst für das höhere Lehramt studiert, als freischaffende Künstlerin ist sie Mitglied des Dormagener Organisationsteams für Kunstausstellungen D´Art, www.irmela-hauffe.de

Irmela Hauffe hat viele Jahre an der Rezeption einer Seniorenresidenz gearbeitet. Jetzt ist sie tätig als Betreuerin an einer Ganztagsschule.

Nach der Geburt ihrer zwei Enkel hat sie zwei Kinderbücher geschrieben und illustriert: „Der Kuckuck", „Farbenspiele"

„Ruhestand- ab morgen habe ich Zeit" ist ihr erstes veröffentlichtest Buch.

Bibliografische Information der Deutschen
Nationalbibliothek: Die Deutsche
Nationalbibliothek verzeichnet diese Publikation
in der Deutschen Nationalbibliografie; detaillierte
bibliografische Daten sind im Internet
über dnb.dnb.de abrufbar.

Herstellung und Verlag: BoD – Books on Demand,
Norderstedt
ISBN 9783739232966

Irmela Hauffe

Ruhestand –

ab morgen habe ich Zeit

Ü60 – Zeit, sich Gedanken zu machen

Inhaltsverzeichnis

Kindheitserinnerungen

Ich bin in einer Zeit groß geworden, als es noch nicht üblich war, dass Großeltern oder Eltern in ein Altersheim gingen. Ich betrat mit meiner Schwester ein Altersheim das erste Mal in meinem Leben, als ich vielleicht sieben Jahre alt war. Der Geruch nach Bohnerwachs auf dem blank geputzten Linoleum war durchdringend und sehr unangenehm. Schon als Kind hatte ich eine empfindliche Nase. Den Geruch, den ich hier vorfand, verbinde ich bis heute mit Alter, Krankheit und Tod. Das Pflegepersonal lief mit weißen Kitteln und Gummihandschuhen durch die Gänge. Die Räumlichkeiten hatten viel Ähnlichkeit mit einer Krankenhausstation. Eine kleine Gruppe alter Menschen saß im Eingangsbereich, um zu sehen, wer Besuch bekam und wer nicht. Es kamen nicht viele Besucher, das spürte ich. Denn die Alten sprachen meinen Vater und uns Kinder direkt an und suchten Kontakt. Nur ein paar Worte hätten schon genügt, aber mein Vater war als Arzt zur Visite hier und hatte nur Zeit für seine Patienten. Seine Patienten waren mehr oder wenig pflegebedürftig und konnten zu Hause nicht versorgt werden. Jetzt hatte jeder ein Zimmerchen mit Bett, Stuhl und

Schrank. Wenn man Glück hatte, bekam man ein Einzelzimmer. An eine Patientin kann ich mich bis heute erinnern. Ihre Hände waren verkrüppelt durch eine spastische Lähmung. Sie saß im Rollstuhl und konnte nicht laufen. Sie hatte so gütige Augen und war so zufrieden mit ihrem Schicksal, dass ich mich in ihrer Nähe immer wohl gefühlt habe. Zum Abschied durfte ich mir einen ihrer zahlreichen kleinen Kakteen vom Fensterbrett aussuchen. Ich habe dieses Pflänzchen über viele Jahre gehegt und gepflegt.

Seniorenresidenzen mit betreutem Wohnen, die heute wie Pilze aus dem Boden schießen, gab es in meiner Kindheit noch nicht. Das Familienbild hat sich in den letzten fünfzig Jahren gravierend verändert. Heute arbeiten meist beide Elternteile. Oder sie sind Alleinerziehende. Da ist kaum Platz für die Großeltern oder Eltern im eigenen Haushalt, weder räumlich noch zeitlich.

In meiner Familie ist niemand in ein Altersheim gekommen. Großeltern, Tanten, Onkel und eigene Eltern lebten im Kreis der Familie und durften und wollten zu Hause sterben. Die Großmutter stand am Herd, sorgte für die täglichen Mahlzeiten, strickte, stopfte, nähte Kleider und kümmerte sich um die Kinder, wenn nötig. Irgendetwas gab es immer zu tun für die Großmutter. Jedes Familienmitglied profitierte von den Fähigkeiten des Einzelnen. Die Eltern konnten hin und wieder ein Konzert besuchen oder einen Urlaub machen. Die Kinder wurden ja versorgt von einer Tante oder Großmutter. Es gab einige richtige Pflegefälle in meiner Familie, aber alle wurden von den Kindern und Enkeln gepflegt und versorgt.

Natürlich hatten wir in der Familie das Glück, dass es viele Ärzte gab, sodass Krankheiten und Geschichten aus der Praxis und dem Krankenhaus zu unserem Alltag gehörten. Wenn mein Vater aus seiner Praxis kam, wurde immer erst über ´besondere´ Fälle gesprochen. Am Mittagstisch saßen über Jahre hinweg sieben weibliche Wesen. Meine Mutter, wir drei Schwestern, unser Kindermädchen und zwei Angestellte aus der Praxis. Mein Vater war Facharzt für Orthopädie und Hahn im Korb. Ungewaschen Füße, Löcher in den Socken waren harmlose Themen während des Essens, aber für uns Kinder lustig. Wenn dann über eitrige Abszesse und komplizierte offene Brüche gesprochen wurde, verging regelmäßig meiner Mutter der Appetit, und uns Kindern war ihr Nachtisch sicher. Das haben wir natürlich gnadenlos ausgenutzt und bei Zeiten die Gespräche in diese Richtung gelenkt. Meine

Großmutter, die häufig bei uns war, um Babysitter zu spielen, erzählte pünktlich zum Mittagessen, dass ihre Verdauung geklappt habe. Das fand meine Mutter ganz ekelig. Sie wollte das gar nicht hören, schon gar nicht während des Essens, aber meine Großmutter war glücklich. Und wieder winkte uns Mutters Nachtisch. „Heute hat es noch nicht geklappt", war auch zu hören. Dann war meine Großmutter ganz ungehalten und schlecht gelaunt. Es war dieselbe Großmutter, die die Familie über viele Jahre wegen ihres schweren Herzleidens in Atem gehalten hat. Da sie kurz nach Weihnachten Geburtstag hatte, wurden unsere Weihnachtsferien zu Hause verbracht und Urlaube gestrichen. Es könnte ja der letzte Geburtstag mit ihr sein. Ich weiß nicht wie oft sie sich von der gesamten Familie mit der Bibel auf dem Bauch auf dem Sterbebett verabschiedet hat, bis es meinem Großvater zu viel wurde und er dann sagte: „Versprich nicht mehr, als du halten kannst." Da war das Thema beendet.

Wir durften unseren Vater bei den Hausbesuchen seiner Patienten begleiten oder bei der Visite im Krankenhaus dabei sein. Er richtet diese Termine am Wochenende dann so ein, dass wir im Anschluss daran mit unseren Eltern ins Grüne fahren konnten. MS, Parkinson, Bechterew und CA waren für uns

Kinder keine Fremdwörter. Stammpatienten kannten wir Kinder mit Namen. An den Wochenenden, wenn Tante, Onkel und Vetter und Cousine zu uns kamen, durften wir die Praxisräume als Spielplatz nutzen. Das war super. Die Praxis befand sich im selben Haus unter unserer Wohnung. Einer spielte den Arzt, d.h. er bestimmte, welche Krankheiten die anderen haben sollten. Ein anderer war im Raum mit den Massagetischen tätig. Dort matschten wir so lange mit dem Massageöl rum, bis die Flasche leer war. Unser Vetter musste immer als Patient herhalten. Er durfte nie Arzt sein. Er war unser Opfer, und weil er jünger war als wir, widersprach er nicht. Es gab einen Flaschenzug, um die Wirbelsäule strecken zu können. Dafür musste man sich eine breite Schlaufe unter das Kinn legen, eine andere Schlaufe war am Nacken befestigt. Dann haben wir uns bis zur Zimmerdecke hochgezogen. Normalerweise hätte man während der Prozedur auf dem Stuhl sitzen bleiben müssen. Man wurde nur ein paar Zentimeter Richtung Zimmerdecke gestreckt, damit die Wirbel wieder in ihre richtige Position zurückfanden. Gut, dass mein Vater das nicht gesehen hat. Das hätte vielleicht Ärger gegeben. Unsere Knochen waren zu dem Zeitpunkt noch strapazierfähig und biegsam, so dass keine bleibenden Schäden zurückblieben. Meine Skoliose führe ich auf schlechte Erbfaktoren zurück. Unser Großvater war Geburtshelfer und Chefarzt der Gynäkologie. Er hat all seine Enkel auf die Welt geholt. Also auch mich. Auch in seiner Praxis in Duisburg durften wir Enkel spielen. Diese Praxis war allerdings etwas befremdlich für uns. Sie befand sich in einem alten Haus aus der Gründerzeit. Im Parterre befand sich die Praxis, in der ersten Etage wohnten meine Großeltern, und in der zweiten Etage gab es eine Urgroßmutter mit Parkinson, das ist eine Schüttellähmung. Diese tick-tack-Oma, so nannten wir Kinder sie, trank ihre Getränke aus einem gebogenen, gläserner Trinkhalm. Wahrscheinlich, damit sie mit ihren zittrigen Händen nicht alles vergoss. Sie war die Mutter meines Opas. Wenn die Urgroßmutter etwas brauchte, nahm sie ihren Gehstock und klopfte mit kräftigen Stößen auf den Holzboden, damit in der Etage unter ihr gehört wurde, dass sie ein Anliegen hatte. Und sie hatte viele. Diese Frau war herrschsüchtig und ließ alle um sich herum springen, wie es ihr in den Kram passte. Ihr eigener Sohn hasste sie deshalb und ließ sich immer viel Zeit, nach ihr zu sehen. Wir Kinder spielten lieber in seiner Praxis. In einem Schrank lagen Spritzen aus Glas und Kanülen, die nach dem Gebrauch in einem Wasserkocher sterilisiert wurden. Einwegspritzen gab es noch nicht. Mitten im Raum stand ein seltsamer gynäkologischer Stuhl. Heute sehen gynäkologische Stühle aus, wie in einem Beautysalon. Eine bequeme, gepolsterte Liege, die auf Knopfdruck die Patientin in eine Liegeposition fährt, damit der Arzt, ohne sich verrenken zu müssen, seine nötigen Untersuchungen tätigen kann. An der Wand vor dem Behandlungsstuhl kann man auf einem Monitor verfolgen, wie es im eigenen Inneren aussieht und was der Arzt gerade macht mit Ultraschall und anderem Gerät. Wie im Kino. Der gynäkologische Stuhl in der Praxis meines Großvaters sah dagegen aus wie ein Folterstuhl. Das Gestänge war aus kaltem Metall, an der die schmutzig weiße Farbe absplitterte. Die Liegefläche aus zerschlissenem Leder war schmal und unbeweglich. Halb sitzend, halb liegend mussten die Patientinnen hier Platz nehmen. Weder Ultraschallgerät, noch eine Umkleidekabine, noch einen Monitor gab es. Wir wussten auch nicht so recht, wieso neben der Sitz- bzw. Liegefläche links und rechts Beinstützen angebracht waren. Aufklärung war Schweinskram und sowieso schwierig zu erklären. Also blieben wir auf dem Gebiet blöd. Oswalt Kolle, der Aufklärer meiner Jugendzeit auf sexuellem Gebiet, war noch unbekannt. Als in den späten 60er-Jahren seine ersten Sexualkundefilme im Fernsehen zu sehen waren, hat meine Mutter ihre Chance gesehen und sich auf den neuesten Stand gebracht. Den Inhalt der Filme erzählte sie uns jedoch nie. Aber das ist ein anderes Thema. Es war sehr unbequem und hart auf diesem komischen Stuhl. Also beachteten wir ihn gar nicht mehr. Wir hielten uns lieber im Wartezimmer und dem Arztzimmer auf, wo ein riesiger alter Schreibtisch aus schwarzer Eiche mit Füßen wie Bärentatzen und einem Geheimfach stand. Das Geheimfach war gefüllt mit Bonbons für brave Kinder, die ihre Mutti zum Arzt begleiten mussten. Der Großvater war eine Respektsperson von preußischer Herkunft. Wir Kinder liebten seinen derben Humor. Wenn die Karnevalszeit war, wurde die gesamte Familie nach Duisburg eingeladen in die Societät, einem großen, herrschaftlichen Gebäude aus der Gründerzeit. Unser Großvater holte uns Kinder hin und wieder mit seinem Auto ab. Wenn es ihm nicht schnell genug durch die Straßen ging, nahm er seinen Aufkleber ´Arzt im Einsatz´ hervor, klebte ihn hinter die Windschutzscheibe und bretterte mit hoher Geschwindigkeit hupend an allen Autos vorbei. Wir mussten uns dann ducken, um von der Polizei nicht gesehen zu werden. Was für ein Gaudi! Es war ein unbeschwertes Leben mitten zwischen kranken und gebrechlichen Menschen. Meine Großmutter war der erste Pflegefall in unserer Familie, den ich bewusst miterlebt habe. Sie war hochgradig dement. Das fiel der Familie erst auf, als sie im Nachthemd auf die Straße lief und in ein Taxi stieg und nicht mehr wusste wer sie war und wohin sie wollte. Eine stundenlange Suchaktion war schließlich erfolgreich und brachte meine Großmutter wieder nach Hause. Von da an wurde sie abwechselnd von ihren Töchtern gepflegt und versorgt. Der erste Schlaganfall fesselte sie dann ans Bett, und sie brauchte eine zusätzliche Pflegeperson, die auch nachts bei ihr bleiben konnte. Die Großmutter ist zu Hause gestorben. In meiner Generation war es noch üblich, dass die Männer arbeiteten und die Frauen zu Hause blieben, um sich um Haushalt und Familie zu kümmern. Anscheinend waren sowohl mein Vater als auch mein Großvater Ärzte aus Leidenschaft, denn sie behielten ihre Praxis bis ins hohe Alter, wenn andere schon längst im Ruhestand waren. Mein Großvater war, wie ich schon erwähnte Gynäkologe. Erst als es gesundheitlich nicht mehr möglich war, beschloss er, seine Praxis aufzugeben. Da war mein Großvater Mitte siebzig. Er hatte treue Stammpatientinnen, die bis zuletzt zu ihm kamen und sich von ihm behandeln ließen. Ich hatte nie das Gefühl, dass ein Rentendasein für Vater und Großvater eine schöne Sache gewesen wäre. Im Gegenteil. Das Arbeiten war für sie das Wichtigste und die Erfüllung ihrer Träume, für kranke Menschen da zu sein. Oder hatten sie vielleicht Angst vor der Leere? Oder des nicht mehr gebraucht Werdens? Außer Kegelclub und Golfen hatte mein Vater kein anderes Hobby. Das waren aber Hobbys, die man nicht mehr ausüben kann, wenn man krank und schwach wird. Meine Mutter hatte sich zeit ihres Lebens besser bzw. anders auf das Alter vorbereitet. Sport war für sie tabu, immer schon. Sie war in ihrer Kirchengemeinde aktiv, bereitete Gesprächsrunden vor und kümmerte sich um Bedürftige, und als sie selber krank wurde, lud sie ihre Freunde zu sich nach Hause ein, um dort mit ihnen zu diskutieren. Langeweile gab es bei ihr nicht. Schon zum Frühstück hörte sie am liebsten klassische Musik. Bücher konnte sie verschlingen. Familie, ihre Freunde und zwischenmenschliche Beziehungen waren Inhalt ihres Lebens. Nach ihrer Beerdigung habe ich gesehen, wie viele Spuren sie hinterlassen hat. In dieser Hinsicht ist sie ein großes Vorbild für mich. Meine Schwiegereltern haben nie darüber nachgedacht und auch nicht darüber geredet, was im Alter mit zunehmender Hilfsbedürftigkeit auf sie zukommen kann. Sie haben sich immer auf ihren Sohn verlassen. Der werde sich schon kümmern. Das ist für mich keine Lösung. Ich will mit meinen Kindern gemeinsam beratschlagen, wie im Falle einer Unselbständigkeit und Krankheit mein Alltag organisiert werden kann.

Alltag in einer Seniorenresidenz

„Ich habe einen Job für dich! Kannst du dir vorstellen, in einer Seniorenresidenz an der Rezeption zu arbeiten? Der Chef sucht noch nach Mitarbeiterinnen für die Wochenenden." Der Anruf kommt von einer guten Bekannten, die schon ein paar Jahre in der Buchhaltung tätig ist und die jetzt versetzt worden ist, um die Rezeption einer Seniorenresidenz im Stadtzentrum mit einzurichten. Ich habe gerade begonnen, mich nach einem Minijob umzusehen. Vor drei Monaten ist mein Mann ausgezogen. Ich bleibe zurück mit meinen drei Kindern. Mit einem Job nur am Wochenende kann ich mich sehr gut anfreunden. Dann hätte ich Zeit, während der Woche nach den Hausaufgaben meiner Kinder zu schauen und den Haushalt zu machen. Aber eine Seniorenresidenz? Damit hatte ich mich noch nie auseinander gesetzt. Das Thema ´Altersheim´ war nie im Gespräch in meiner Familie. Meine Mutter hatte hin und wieder mit uns Kindern darüber geredet, wenn jemand aus ihrem Bekanntenkreis in ein Altersheim umzog. Aber eines stand für sie fest: in ein Altersheim kriegt mich keiner rein. Basta!

Ich hatte nicht viel Zeit darüber nachzudenken, ob ich dieser Aufgabe, in einer Seniorenresidenz zu arbeiten, gewachsen bin oder nicht. Auf der anderen Seite sagte ich mir, dass es ja nicht schaden könne, Erfahrungen zu sammeln, wie Senioren mit dem Wohnen in einem Altersheim bzw. einer Seniorenresidenz klar kommen. Irgendwann würde ich ja selbst vor so einer Entscheidung stehen. Ich könnte jetzt schon herausfinden, ob diese Art des Wohnens im Alter für mich in Frage kommt. Ich sprang also ins kalte Wasser und vereinbarte noch in derselben Woche einen Vorstellungstermin. Zwei Tage später betrat ich die Räume der Seniorenresidenz und wurde schon erwartet vom Chef und meiner Bekannten. „Wie schön, dass Sie bei uns arbeiten wollen. Wenn Sie wollen, können Sie direkt am Freitag zur Probe hier arbeiten. Dann entscheiden Sie, ob Ihnen diese Arbeit zusagt." Genauso habe ich es gemacht. Freitag zur Probe gearbeitet und Samstag und Sonntag direkt meinen ersten Dienst angetreten. Ich hatte den Vertrag!

„Herzlich willkommen in *Ihrer* Seniorenresidenz." Eine weibliche Stimme begrüßt sie freundlich am anderen Ende der Telefonleitung in der Warteschleife. *Ihre* Seniorenresidenz. Der Mercedes unter den Heimen für alte Menschen. Nicht zu verwechseln mit einem Altersheim. Es ist nur etwas für Menschen mit einem recht großen Geldbeutel. Und fit sollten sie noch sein. Viele Bewohner werden weit über neunzig oder sogar hundert Jahre alt. Da muss man schon eine ganze Stange Geld beiseite gelegt haben. Viele Menschen, die sich entschieden haben, in eine Seniorenresidenz zu ziehen, haben notgedrungen ihr Haus verkauft, weil der Ehepartner verstorben ist. Oder sie wurden krank, haben keine Hilfe zu Hause zu erwarten und können nicht mehr alleine bleiben. Sie hoffen auf ein sorgenfreies Leben, wo sie sich um nichts kümmern müssen. Alles wird ihnen an Arbeit abgenommen, sie werden umsorgt, gepflegt und bekommen eine Rundumpflege, wann immer sie es wünschen und brauchen. Und das in den eigenen vier Wänden. Jeder Bewohner hat eine eigene Wohnung, teils mit Balkon oder kleinem Gärtchen oder aber den Blick auf das bunte Treiben am Bahnhof. So wird es versprochen, entscheidet man sich, einzuziehen. Vor fünfzehn Jahren sind die Senioren statistisch gesehen mit Mitte/Ende siebzig Jahren eingezogen. Heute sind die Bewohner beim Erstbezug Mitte achtzig. Das hat natürlich Konsequenzen für die Betreuung. Das Eingewöhnen und Akzeptieren fällt deutlich schwerer. Nur wenige alte Menschen planen mit Freude und Absicht, ihren Lebensabend in einem Seniorenheim zu verbringen. Sie haben sich im Vorfeld bereits ausführlich über Vor- und Nachteile, über kulturelle Angebote und örtliche Begebenheiten informiert. Manche haben sogar das Angebot eines Probewohnens wahrgenommen, bevor sie sich entscheiden wollten. Das macht ihnen das Eingewöhnen und das Kontakteknüpfen einfacher. In der Seniorenresidenz gibt es viele Angebote für Senioren. Aquarellkurs, Literaturkreis, Englischkurs, Spanisch, Singkreis, Gymnastik, Gedächtnistraining etc. finden wöchentlich statt. Getränke, Medikamente und Tena Flex XXL werden frei Haus geliefert. Eine Hausdame kümmert sich um Einkäufe, Behördengänge und Arztbegleitungen. Sie ist die gute Seele im Haus. Ihr entgeht nichts. Auch nicht, wenn sich hin und wieder schlechte Gerüche in den Räumen breit machen. Gerüche nach 4711, dem Duft der großen, weiten Welt, gepaart mit Schweiß oder noch übleren Dingen. Wenn Fensteraufreißen nicht mehr hilft, wird mit Hilfe einer Sprühdose im Dauerbetrieb frischer Frühling versprüht mit einem Hauch von Lavendel oder Rosenduft. Der gesamte Empfangsbereich wird eingenebelt und lässt die Mitarbeiterinnen an der Rezeption mit akuter Luftnot oder Hustenanfällen zurück. Besser wird der Duft danach nicht, aber anders.

Heute ist Weihnachten. Ein deckenhoher Weihnachtsbaum mit elektrischen Kerzen schmückt den Empfangsbereich. Die Krippe mit Maria, Josef und den Hirten steht auf dem Teppichboden unter dem Baum. Das Jesuskind muss ich gleich noch in die Krippe legen. Meinen Dienst beginne ich um kurz nach sieben in der Früh. Ab viertel vor acht muss ich damit rechnen, dass sich die ersten Bewohner telefonisch melden, um mir mitzuteilen, dass sie aufgestanden sind. Den Empfangsbereich der Seniorenresidenz muss man sich so vorstellen: durch ein Treppenhaus gelangt man entweder zu Fuß oder per Aufzug in die zweite Etage. Eine Glastür öffnet sich automatisch und lässt die Besucher eintreten in einen gemütlichen, wohnlichen Bereich mit weichen Polstermöbeln für Gäste und Bewohner. Die vorherrschende Farbe ist orange. Teppichboden orange, Sessel orange, Tischdekorationen orange. Für frisches Grün sorgen entweder die Hausdame oder die Chefin der Hauswirtschaft. So stehen auf der Glasablage der Rezeption orange Tulpen, Rosen oder heute ein Adventskranz mit orangen Kerzen. Auch die sind batteriebetrieben wegen der Brandgefahr. An der langen Wand neben der Rezeption sind Kunstwerke zu sehen, die von renommierten Künstlern zwei- bis dreimal im Jahr in Wechselausstellungen präsentiert werden. Mal sind es Ölgemälde, mal Aquarelle, mal chinesische Kunst, mal Russische Ikonen. Lebensqualität für gehobene Ansprüche. Das soll den Bewohnern vermittelt werden, wenn sie den Empfangsbereich betreten. Ich habe noch ein paar Minuten Zeit, um alle Lampen einzuschalten, die Türen zur Küche, dem Gartensaal und dem Büro aufzuschließen und die Kaffeemaschine zu befüllen, bevor das tägliche Anrufen der Bewohner erfolgen kann. Es ist ein Bestandteil des Vertrages, dass alle Bewohner zwischen acht Uhr und zehn Uhr angerufen werden, es sei denn, sie haben schriftlich auf diesen Service verzichtet. 120 Bewohner in zwei Stunden: das macht eine Minute pro Anruf. Leider klappt das jedoch nicht immer. „Hurra, ich lebe noch", triumphiert die erste. Das finde ich natürlich klasse. So brauche ich keinen Notarzt zu informieren. Ich erwidere den freundlichen Gruß. Dauer des Gesprächs: 15 Sekunden. Super, dann habe ich für andere Bewohner mehr Zeit. Pünktlich um zehn vor acht ruft Frau Werner, 92 Jahre, an und singt mir ein kleines Liedchen aus vergangenen Zeiten vor. Das macht sie jedesmal, wenn ich Frühdienst habe. Viele Lieder sind aus Kriegszeiten und mir unbekannt. Frau Werner hat für ihr Alter noch eine sehr schöne Stimme. Bis auf das hohe ´C´. Die Texte kennt sie alle. Da kann ich mir eine Scheibe von abschneiden.

Ich kenne, wenn überhaupt, immer nur den ersten Vers ihrer Lieder. Mit Frau Werner rede ich gerne ein wenig länger, erstens, weil mir gefällt, dass sie sich meinetwegen die Mühe macht, ein Liedchen zu singen, und zweitens, weil sie sich sehr für alles interessiert, was jenseits ihrer eigenen vier Wände stattfindet. Frau Werner geht, wie viele andere Damen auch, zum wöchentlichen Singkreis. Der findet nahe der Rezeption im Gartensaal statt. Der Gartensaal ist ein großer Raum mit Zugang zur Terrasse und Park. Er bietet Platz für etwa 100 Personen und ist eingerichtet mit bequemen Sesseln und Tischen, an denen jeden Sonntag ein Nachmittagskaffee mit Kuchen zu *kleinen* Preisen angeboten wird. Wenn Singkreis ist, kommen etwa zehn bis fünfzehn Damen zusammen, die im Kreis an einem Tisch Platz nehmen und ihr Notenheftchen aufschlagen. Begleitet werden sie von der mittlerweile 101-jährigen Bewohnerin, Frau Möller, am Klavier. Neuzugänge haben es schwer, sich *ihren* Platz zu sichern. Auch wenn krankheitsbedingt Stühle leer bleiben, so wird nicht aufgerückt, auch wenn man dann alleine am Tisch sitzen muss. Solch kleine Veränderungen im Alltag können so manchen schon aus der Bahn werfen. Die Reihenfolge der Lieder, die gesungen werden, ist immer dieselbe —

zum Leidwesen von Frau Werner. Sie wünscht sich mehr Abwechslung. Und los geht´s:

1. Freu dich schöner Götterfunken
2. In einen Harung jung und schlank, zwo, drei
3. Sah ein Knab ein Röslein stehn
4. Dat du min Leevsten bust

Und einige andere Volkslieder. Als Abschlusslied wird immer das irische Segenslied gesungen mit dem wunderbaren Text:

„Möge die Straße uns zusammenführen und der Wind in deinem Rücken sein. Sanft falle Regen auf deine Felder und warm auf dein Gesicht der Sonnenschein. Und bis wir uns wiedersehen, halte Gott dich fest in seiner Hand. Und bis wir uns wiedersehen, halte Gott dich fest in seiner Hand."

„Bis wir uns ´mal wiedersehen, hoffe ich, dass Gott dich nicht verlässt. Er halte dich in seinen Händen, doch drücke seine Faust dich nie zu fest. Und bis wir uns wiedersehen, halte Gott dich fest in seiner Hand. Und bis wir uns wiedersehen, halte Gott dich fest in seiner Hand."

Beim nächsten Anruf des Tages wünscht mir Frau Carsten ein frohes Osterfest. Ich erwidere den Gruß. Dement sind hier so einige. Manche haben auch Alzheimer. Die meisten aber sind einfach nur einsam und freuen sich, wenn sie jemanden zum Reden haben. So hat es sich eine Gruppe von vier Damen zur Gewohnheit gemacht, sich täglich ab 10 Uhr in der Sitzgruppe an der Rezeption zu treffen. Dann wird eine Tasse Kaffee bestellt und ausgiebig gejammert. „Womit habe ich es verdient, dass ich so alleine bin?" Oder: „Was soll ich machen? Ich bin zu nichts mehr nutze. Hätte ich doch bloß eine Aufgabe und Beschäftigung! Hoffentlich ist der Tag bald rum, dann kann ich wieder schlafen gehen." Die anderen stimmen gleichermaßen ein in den Wehgesang. Ich finde das sehr schlimm bzw. schade, und ich frage mich, ob ich es auch schlimm fände, allein zu sein. Bedeutet denn Alleinsein auch unglücklich sein? Ist allein sein das gleiche wie einsam sein? So auf Anhieb kann ich das nicht beantworten, weil ich bis jetzt selten allein war. Ich habe meine drei Kinder, habe immer Urlaub mit der Familie gemacht. Nie war ich alleine. Während das Damenquartett in der Sitzecke der Residenz noch über den Sinn und Unsinn des Lebens lamentiert und ausgiebig klagt, klingelt mein Telefon an der Rezeption. Es ist Frau Kemp. Sie gehört zu den dementen Bewohnern. „Können Sie mich bitte anrufen, wenn der Hubschrauber gelandet ist. Ich erwarte die Lieferung meiner Schreibmaschine. Die Herren haben die Lieferung für heute angekündigt. Die Schwestern sollen dann bitte die Schreibmaschine in meine

28

Wohnung bringen. Ich brauche sie dringend." Exakt diese Formulierung. Die Frau hat Stil. Dann ruft Frau Chill an: „Haben Sie meinen Mann gesehen? Ich habe den Tisch gedeckt, die Gäste kommen gleich, nur mein Mann ist mal wieder nicht da. Immer dasselbe mit ihm. Nie ist er pünktlich, wenn gegessen wird." Ich verspreche, nach ihm zu suchen. Leider ist ihr Mann aber schon seit fünfzehn Jahren tot. Der Tisch ist trotzdem fein gedeckt für zwanzig Personen mit echtem Kristall und Porzellan. Eine Stunde später kommt Frau Chill zur Rezeption. Sie trägt ein schickes Kostüm. Ihre Lippen sind knallrot angemalt, jedoch etwa 1cm zu breit über die Kontur hinaus. „Ich habe in allen Schränken und Ecken nachgesehen, sogar unter dem Tisch, ich finde ihn nicht. Sagen Sie ihm, dass wir ohne ihn essen werden. Er soll bleiben wo der Pfeffer wächst." Wird gemacht.

Ganz besonderen Spaß habe ich an unseren Herren über 80. Männer aufgepasst. Der sexuelle Trieb bleibt euch bis ins hohe Alter erhalten, auch wenn Kopf und Geist schon nicht mehr können. Und Damen gibt es ja in ausreichender Zahl direkt vor Ort. Ach, wir Frauen haben ja so ausgeprägte Mutterinstinkte für hilfsbedürftige Menschen bzw. Witwern. Diesen Umstand machen sich unsere allein lebenden Herren zu Nutze. Und haben unsere

Damen kein Interesse, dann werden die weiblichen Pflegekräfte gefragt, ob sie z.B. nicht mit unter die Dusche wollen. Herr Steng ist noch sehr rüstig und nicht auf Hilfe aus der Damenwelt angewiesen. Jedoch ist kein Rock vor ihm sicher. Herr Steng scheint mich richtig nett zu finden. Sobald er mitgekriegt hat, dass ich Dienst habe, kommt er an die Rezeption, um zu flirten. Er hat eine tolle Masche, Frauen in seine Wohnung zu locken. Das sollte sich so manch ein junger Mann mal abgucken. Herr Stengs ständiger Begleiter ist seine Kamera. Ehe ich mich versehe, hat er ungefragt ein Foto von mir gemacht. „In meiner Wohnung habe ich ein Atelier eingerichtet. Da könnten wir ungestört ein paar Portrait-Fotos machen. Kommen Sie doch nach Ihrem Dienst zu mir. Ein Gläschen Wein steht schon bereit." Nachtigall ick hör dir trapsen! Ich gehe natürlich nicht. Aber er ist hartnäckig. ´Ausversehen´ begrüßt er mich beim nächsten Mal per DU. Und ob ich etwas dagegen hätte, wenn er mich duzt. „Herr Steng, ich sage Ihnen bescheid, wenn Sie mich duzen dürfen. Im Moment jedenfalls nicht." Er ist überhaupt nicht beleidigt. Mittlerweile weiß er auch, dass ich mit der Bahn nach Hause fahre. „Ich bringe Sie gleich zu Ihrem Zug, damit Sie nicht alleine auf dem kalten Bahnsteig stehen müssen." Er macht es tatsächlich und winkt mir galant mit einem

Taschentuch hinterher, als der Zug den Bahnhof verlässt. „Ich kann dich, oh pardon, ich kann Sie auch mit meinem Auto nach Hause fahren", probiert er es weiter. Er ist über 80. Meine Antwort ist klar. Nein.

Ein weiterer Weggefährte ist Herr Neu. Herr Neu ist eine Schmusebacke. Klein, flink, lustig und kontaktfreudig. Seine blauen Augen funkeln unternehmungslustig. Herr Neu trägt neben seinem eleganten Spazierstock immer einen großen Hut auf dem Kopf, mit dem er alle Damen grüßt. Im Sommer ist es ein Strohhut mit breiter Krempe, im Winter eine Russenkappe aus Pelz mit wehenden Ohrenklappen aus Fell. Sobald ihm ein weibliches Wesen entgegenkommt, zückt er den Hut und macht eine tiefe Verbeugung. Ganz die alte Schule. Herr Neu darf mich duzen. Das ist etwas anderes. Bei ihm wirkt das nicht anzüglich, sondern eher unverfänglich. „Bist du alleine da unten?" Wenn ich bejahe, dann sagt er: „Ich komme mal eben zu dir runter." Herr Neu begrüßt mich per Handkuss, hält meine Hand dann aber fest und streichelt meine nackten Unterarme. „Du hast so schöne kalte Arme. Die könnte ich immer streicheln." Das kenne ich nur von meinem Sohn, als der klein war. Der hat auch stundenlang seine Händchen in meine Ärmel gesteckt, um die kalte Haut zu streicheln. Ich kann diese Vorliebe also absolut nachvollziehen. Aber nach ein paar Augenblicken befreie ich mich aus seinen Fängen. Minuten, nachdem Herr Neu wieder in seiner Wohnung ist, ruft er noch einmal an. Ob er zu aufdringlich gewesen sei. Das wolle er auf keinen Fall.

Eines Tages klingelt das Telefon an der Rezeption. Eine Frau, Monika, meldet sich. „Bitte sagen Sie Herrn Neu, dass ich ihn in einer Stunde erwarte." Ich rufe ihn an und überbringe ihm die Nachricht. Keine fünf Minuten später huscht Herr Neu an mir vorbei und verschwindet im Treppenhaus, um sich mit Monika zu treffen. Etwa drei Stunden später bekomme ich einen Anruf von der Polizei. Sie hätten in Bahnhofsnähe einen Mann aufgegriffen, der behaupten würde, in der Seniorenresidenz zu wohnen. Er finde den Weg aber nicht zurück in seine Wohnung. Ich bestätige den Polizisten die Richtigkeit der Angaben, und dann bringen sie mir im Mannschaftswagen unseren kleinen Herrn Neu zurück. Mit roten Bäckchen und glückseligen Äuglein kommt er zurück. Er ist in den nächsten Tagen ganz klein – mit Hut. Monika war eine Prostituierte, die Herrn Neu in den Nachmittagsstunden glücklich gemacht hatte. Für die Orientierung nach Hause fehlte ihm dann offensichtlich die Kraft. Das hat natürlich unser damaliger Chef mitgekriegt. So eine Geschichte macht eben ganz schnell die Runde. Unser Chef überlegte ernsthaft, ob unsere Herren nicht regelmäßig einen gemeinsamen Ausflug ins benachbarte Holland unternehmen sollten. Dort gibt es Agenturen, die sich auf Senioren und Behinderte spezialisiert haben, um ihnen aus sexueller Sicht Freude zu bereiten. Die Niederländer sind auf dem Gebiet schon immer sehr viel toleranter als wir Deutschen. Unser Chef möchte die Tochter des Herrn Neu in seine Pläne einweihen. Bei ihrem nächsten Besuch holt er sie zu sich und erzählt ihr von dem kleinen misslungenen Ausflug ihres Vaters. Und wie sie die Idee mit dem Ausflug finden würde. Oje! Das Gesicht der Tochter verfärbt sich tiefrot vor Zorn (oder auch vielleicht Scham). Entrüstet verlässt sie das Haus. Ihr Vater brauche das nicht. So etwas würde er nie machen Nun ja – dieses ´Projekt´ ist nie zu Stande gekommen. Schade für unsere Herren. Denn die Herren haben bis ins hohe Alter einen ausgeprägten Hang zum weiblichen Geschlecht. Einige Freundschaften, vielleicht sogar Liebschaften sind entstanden. Gemeinsame Urlaube werden geplant und unternommen. Jeder behält aber seine eigene Wohnung. Um den Damen zu imponieren, müssen sich die Herren ganz besondere Dinge einfallen lassen. Herr Grau zum Beispiel kann mit einem nagelneuen Jaguar auftrumpfen. Dieses tolle Gefährt steht fortan in der Garage der Seniorenresidenz. Nun könnte man meinen, dass er damit eine Spritztour mit seinen Auserwählten machen würde, aber dazu ist es nie gekommen. Herr Grau besitzt nämlich gar keinen Führerschein. Das Auto benutzte er nur, um einen dicken Mann zu markieren. Das hat auch hin und wieder geklappt. Herr Grau ist äußerst charmant. So charmant, dass sogar die Freundin des Zivildienstleistenden mit ihm in den Urlaub gefahren ist. Viagra in seinem Gepäck. Der Jaguar bleibt in der Garage, er hat ja keinen Führerschein. Sie muss fahren mit ihrem kleinen VW. Nach dem Urlaub hat keiner die junge Frau mehr wieder gesehen. Sie hatte wohl andere Pläne gehabt. Unser Zivi ist wieder solo. Geld ist eben doch nicht alles.

Eines Tages ruft mich Frau Beck an: „Ist Herr Meier gerade bei Ihnen vorbei gekommen?" Herr Meier lässt sich nach dem Tod seiner Frau von Frau Beck trösten bzw. unterhalten. „Sagen Sie ihm, dass er sein Gebiss bei mir vergessen hat." Soso. Meine Phantasie schlägt Purzelbäume. Mittlerweile sind alle Weckanrufe getätigt. Keine besonderen Vorkommnisse an diesem Tag. Obwohl Weihnachten ist. Die Festtage sind immer anstrengend für die alten Menschen, wenn sie Besuch von den Kindern und/oder Enkeln bekommen. „Ich wünschte, die Feiertage wären schon vorbei", höre ich nicht selten. Der ganze Tagesablauf steht Kopf, nichts geht mehr seinen gewohnten Gang. Frisör, Mittagessen abbestellen, denn es soll ja auswärts gegessen werden mit der ganzen Sippschaft. Dann Kaffee trinken, Kuchen essen, auf den geliebten und dringend benötigten Mittagsschlaf verzichten. Und immer nur reden, reden, reden. Das ist anstrengend. Die Namen der ganzen Kinder und Kindeskinder kann sich keiner mehr merken, Füße hochlegen geht nicht. Hoffentlich ist die Toilette gut zu erreichen. Bestenfalls ist am Abend alles vorbei und man kann sich verabschieden. Bis zum nächsten Jahr. Versprochen. Es war doch so schön. Puh, geschafft! Die Feiertage sind vorüber. Alles ist wieder normal. Das ´Highlight´ eines jeden Tages in der Seniorenresidenz ist das Mittagessen. Dafür wird sich schick gemacht. Jeden Samstagvormittag marschieren zahlreiche Damen zum Frisör, um die Dauerwelle zu erneuern oder bei der Farbe etwas nachzuhelfen. Da alle denselben Frisör aufsuchen, ist das Resultat des Besuchs recht ähnlich. Die Rezeption ist so etwas wie ein Laufsteg vor Publikum oder wie man heute sagt: der Catwalk. Alle müssen diesen Weg zum Restaurant nehmen. Sehen und gesehen werden. Da wird man natürlich gesehen und beäugt. Frau Till ist eingehüllt in eine riesige Stola. Hocherhobenen Hauptes schreitet sie auf den Aufzug zu. Selbstbewusst, stolz und eitel. Unsere Herren erscheinen zum Essen im Anzug, Krawatte und gebügeltem, weißem Hemd. Jedenfalls an den Wochenenden. Die Handtaschen der Damen hängen lässig am Arm, sogar Pumps mit Absatz tragen so einige Damen. Bei einer Modenschau haben ein paar Seniorinnen schicke Kleider präsentiert. Hochachtung! Hin und wieder werden aber auch neben Kleidung und Aussehen neue Rollatoren bestaunt und auf Herz und Nieren überprüft. Vor rund zehn Jahren besaß nur etwa jeder 20.Bewohner einen Rollator. Mittlerweile hat fast jeder zweite so ein Gefährt. Finden in der Seniorenresidenz große Veranstaltungen statt, wie zum Beispiel ein Konzert, die Weihnachtsfeier oder Ähnliches, so stauen sich zig Rollatoren vor den Türen des Veranstaltungsraumes. Wie schwer ist es da, wenn man nach dem Event seinen Rollator wiederfinden will. Also muss vorbeugend der eigene Rollator gekennzeichnet werden. Entweder mit einer Klingel, einem Nummernschild wie an einem Auto oder aber mit einem selbstklebenden Namensschildchen. Und trotzdem werden immer wieder die Rollatoren vertauscht oder einfach mitgenommen. Der Ärger ist vorprogrammiert, und die Pflegekräfte oder unsere Hausdame müssen im ganzen Haus auf Suche gehen nach den verlorenen Fahrzeugen.

Es gibt eine Reihe von Bewohnern, die bekommen ihr Mittagessen in ihre Wohnung geliefert. Täglich gibt es drei Menüs zur Auswahl. Vollwert, leichte Kost, Vegetarisches. Wen es schlimm erwischt hat, das heißt, wer Durchfall hat, der kann Schonkost bestellen. Also Püree mit Rührei. Durchfälle sind bei unseren Senioren an der Tagesordnung. Das habe ich in diesem Haus mitbekommen. Ich hätte als Kind nie gedacht, wie wichtig im Alter eine gute Verdauung sein kann. Jetzt weiß ich es, weil ich es jeden Tag mitbekomme. Morgens schon bei den Anrufen kommen die ersten Abmeldungen zum Mittagessen. „Ich habe so einen schlimmen Durchfall." Manchmal geht das den ganzen Tag so. Eine Krankmeldung nach der anderen. Warum? Das kann ich nicht sagen. Die Ursachenforschung wird häufig schon im Keim erstickt. Man will nichts sagen. Weder das Pflegepersonal, noch die Chefetage. Gesundheitsamt, nein danke. Hygieneinstitut, nein danke. So müssen die Bewohner weiter mit ihren Durchfällen kämpfen und die Putzkolonnen für eine Sonderreinigung anrücken.

Und genau das ist es, was meine Mutter nie gewollt hat. Dass sie abhängig von Menschen wird, die ihren Dreck weg machen müssen. Als sie selber einmal so krank wird, dass sie ins Krankenhaus muss, passiert ihr dieses ´Missgeschick´. Sie schafft es nicht mehr rechtzeitig zur Toilette. Oh, wie sehr hat sich meine Mutter geschämt. Tränen liefen ihr übers Gesicht. Sie wollte vor Scham im Boden versinken. Die Schwestern konnten sie kaum beruhigen. Sie konnte sich nicht damit abfinden, dass sie Hilfe annehmen musste.

Hilfe annehmen. Das spielt im Alter eine sehr entscheidende Rolle. Kaum jemand nimmt Hilfe gerne an. So lange wie möglich unabhängig sein, das ist für die meisten ganz wichtig. Aber wenn es gar nicht mehr anders geht? Dann ist man dem Pflegepersonal ausgeliefert mit all seinen Fähigkeiten, aber auch Launen. Hinzu kommt der Kostenfaktor. Jeder Gang muss bezahlt werden. Zehn Minuten Pflege kosten einen Betrag X. So ist es auch beim täglichen Mittagessen. Kann man aus irgendeinem Grund nicht ins Restaurant kommen, sondern bestellt sein Essen in die Wohnung, so kostet es beim Bringen, und es kostet beim Abholen. Da überlegen die Betroffenen, ob sie lieber aufs Essen verzichten wollen. Es gibt immer wieder

Bewohner, denen das Geld nach Jahren ausgeht. Was dann? Der Mietvertrag wird gekündigt. Sie müssen umziehen in ein Altersheim. Aus der eigenen Wohnung wird ein Doppelzimmer, das man sich mit einer anderen Person teilen muss. Nur selten ist ein Einzelzimmer frei. Zum Glück passiert das nur in Einzelfällen, oder die Kinder holen ihre Eltern in ihre Nähe. Aber auch das bedeutet wieder umziehen, von vorne anfangen sich wieder eingewöhnen müssen. Manchmal gibt es keine andere Möglichkeit, als in ein Altersheim zu ziehen. Entweder, weil es keine Kinder gibt oder weil das Geld nicht ausreicht. Bei einem Altersheim kann wenigstens das Sozialamt einspringen, wenn das Geld knapp ist und die Pflegestufe nicht akzeptiert wird. In einer Seniorenresidenz gibt es diese Möglichkeit nicht. Es ist ein Irrtum, zu glauben, dass für solche Fälle doch die Pflegeversicherung eintreten muss. „Ich bin jetzt 95 Jahre alt. Wenn ich meine Miete und alle Pflegekosten so weiter zahlen muss, reicht mein Geld noch für knapp zwei Jahre. Was meinen Sie? Werde ich bis dahin sterben? Und wenn nicht, was dann?" Derart schwierige Fragen kann ich nicht beantworten, aber sie kommen hin und wieder. Diese Frau ist kurzerhand in eine kleine Wohnung umgezogen. Für alle Fälle, dass sie in zwei Jahren noch lebt. Jetzt reicht ihr Geld ein Jahr länger, da die

Miete etwas niedriger ist. Sie ist in die kleine Wohnung ihres verstorbenen Freundes gezogen. Jetzt kann sie sich wenigstens an die gemeinsame Zeit in seinen vier Wänden erinnern.

Punkt 11:30 Uhr wird das Restaurant geöffnet. Es gibt drei Essenszeiten. Sobald die erste Gruppe mit dem Essen fertig ist, wartet die nächste Gruppe schon im Foyer. „Welches Essen können Sie uns empfehlen?" „Die eins. Bei der zwei ist das Fleisch hart wie eine Schuhsohle." Also Menü 1. Das ist ein Vorteil für die zweite Gruppe. So können sie schon vorweg eine Auswahl treffen, was sie essen wollen – oder können. Frau Lehmann, die schon in der Warteschlange zum Essen steht, macht auf einmal kehrt und flüstert mir zu: „Ich habe meine Zähne vergessen. Hoffentlich hat das keiner mitgekriegt." Ich verrate nichts. Der Betrieb und das Gedrängel um die zwei Aufzüge werden größer und größer. Die einen wollen in ihre Wohnung, die anderen in das Restaurant. Alle müssen dieselben Aufzüge nehmen. Die Rollatoren verkeilen sich, die Aufzüge mucken und rucken. Bis schließlich wieder einer ausfällt und mitten in der Fahrt stecken bleibt. Dann ist die Aufregung groß. Wenn man Glück hat, bekommt der diensthabende Wachmann den Fahrstuhl wieder auf. Manch eine Befreiung hat schon länger als eine

Stunde gedauert. Man kann nur hoffen, dass kein Diabetiker eingeschlossen ist. Von einem ganz tragischen Geschehen kann ich auch berichten. Ich habe eine Zwangseinweisung in eine Psychiatrie miterlebt. Das Ganze ist nur deshalb geschehen, weil Frau Grüner sich mal wieder lautstark über den ´Saustall´ beschwert hat. „Lieber bringe ich mich um, als dass ich mir das alles gefallen lasse", rief Frau Grüner. Das hätte sie nicht sagen dürfen. Weil sie schon immer eine unbequeme Person war, wurden sowohl die Polizei, ein Rettungssanitäter als auch der Chef des Hauses und ein Bevollmächtigter von der Stadt, der Frau Grüner entmündigen musste, gerufen. Als alle vor Ort waren, wurde Frau Grüner von den Sanitätern festgehalten, in eine Zwangsjacke gesteckt, mit Medikamenten ruhig gestellt und anschließend auf einer Trage abtransportiert. Frau Grüner war so entsetzt, was da mit ihr passierte, dass sie sich beim Abtransport an meine Hand klammerte und mich um Hilfe bat. Sie habe den Satz doch gar nicht ernst gemeint. Aber da war es schon zu spät. Sie wurde weggebracht. Frau Grüner hat noch ein paarmal mit mir vom Krankenhaus aus telefoniert. Aber ich konnte nichts für sie tun. Vierzehn Tage später ist sie gestorben. Vor Kummer. Eine noch größere Dramatik hatte ein anderer Fall. Ein Selbstmordversuch. Mein Telefon an der

Rezeption klingelt. Schwester Elke ist in Panik. Sie ruft mir zu: „Wir brauchen einen Arzt, schnell, hier ist alles voll Blut. Rufen Sie einen Arzt." Ich wähle den Notruf 112. Weil Wochenende ist und kein anderer Angestellter außer mir im Haus ist, muss ich ein Küchenmädchen bitten, den Arzt am Aufzug abzufangen, um ihm den Weg zur Patientin zu zeigen. In der Zwischenzeit habe ich erfahren, dass sich die Bewohnerin mit Selbstmordabsicht ein spitzes Küchenmesser in den Hals gestoßen hat. Jetzt liegt sie lebensgefährlich verletzt im blutverschmierten Badezimmer auf dem Boden. Das Blut spritzt pulsierend aus der Halsschlagader. Das arme Küchenmädchen ist mit den Nerven am Ende bei dem Anblick. Der Notarzt kann die Wunde soweit verarzten, dass die Frau transportfähig ist. Sie wird in die geschlossene Abteilung der Psychiatrie gebracht. Ich habe diese Bewohnerin nie wieder gesehen. Die Bewohner der Seniorenresidenz können ihre Wäsche entweder dem Hausservice zum Waschen anvertrauen oder aber die privaten Dienste einer Frau Engels in Anspruch nehmen. Die holt die Schmutzwäsche dann bei den Leuten ab, nimmt sie mit nach Hause, wäscht und bügelt sie, und eine Woche später hängen die frisch gesäuberten Hemden und Röcke wieder im Schrank. Viele Senioren nutzen diesen Privatservice.

Ich habe den ersten Dienst des Wochenendes bereits beendet, da klingelt in der Nacht zum Sonntag mein Telefon neben dem Bett. Aus dem Tiefschlaf gerissen nehme ich den Hörer in die Hand. „Hallo, wer ist da?", will ich wissen. „Hier ist die Kriminalpolizei, Kommissar Beckmann", am anderen Ende der Leitung. „Wir müssen Sie bitten, uns einige Fragen zu beantworten. Wir müssen ein Gewaltverbrechen aufklären, und Sie können uns dabei behilflich sein." Mit einem Schlag bin ich wach. Mitten in der Nacht. Kriminalpolizei. Gewaltverbrechen. Was habe ich damit zu tun? „Haben Sie gestern Dienst gehabt in der Seniorenresidenz?" „Ja, habe ich." „Ist Ihnen Frau Engels begegnet? Und wenn ja, ist Ihnen an Frau Engels etwas aufgefallen?" „Frau Engels? Die Wäschefrau? Was soll mit ihr sein? Ja, ich habe sie gesehen." „Wann war das genau? Wissen Sie noch, was sie an hatte?" „So gegen 10 Uhr muss das gewesen sein. Da ist Frau Engels an mir vorbei gegangen. Wir haben uns kurz gegrüßt. Es sah aus, als ginge sie zu einem ihrer Kunden. Sie trug schwarze Anziehsachen. Das ist mir aufgefallen, weil sie sonst immer so farbenfroh und auffallend gekleidet war." „Frau Engels ist am Nachmittag tot in ihrer Wohnung aufgefunden worden. Ermordet. Sie sind möglicherweise die letzte, die sie lebend gesehen hat." Ach du meine Güte. „Kann ich morgen

43

früh, wenn ich wieder Dienst habe, mit Ihnen weiter reden. Vielleicht ist mir bis dahin noch mehr dazu eingefallen. Ich bin jetzt zu müde." „Gut, dann kommen wir gegen acht Uhr an die Rezeption." Viele weitere Angestellte aus der Küche und dem Restaurant sind außer mir noch befragt worden. Aber nichts hat dazu beigetragen, dem Mörder auf die Schliche zu kommen. Bis heute ist der Täter nicht gefunden worden. Das liegt jetzt neun Jahre zurück.

Wie schnell kann doch so ein Leben zu Ende gehen! Gestorben wird eben nicht nur, wenn man alt und krank ist. Das wird mir jetzt wieder durch diese schreckliche Tat deutlich. Jeden Tag will ich so gut wie möglich mit Zufriedenheit, Freude und Optimismus ausfüllen. Mittlerweile ist das letzte meiner drei Kinder ausgezogen und hat eine eigene Wohnung gefunden. Nun steht auch mir dieser Schritt bevor. Ich muss mich nach einer neuen Wohnung umsehen. Wie gut, dass ich mittlerweile eine andere Sichtweise auf ein unbeschwertes Wohnen im Alter bekommen habe. Ich weiß, wie wichtig eine gute Planung hinsichtlich eines Wohnsitzes im Alter ist. Ein Umzug in eine Seniorenresidenz oder ein Altersheim kommt für mich aus Kostengründen nicht in Frage. Ich muss es für mich anders planen. Stadt oder Land? Lieber etwas dazwischen. Viele Senioren können und wollen nicht mehr Auto fahren. Also müssen öffentliche Verkehrsanbindungen in der Nähe sein. Bäckerei, Apotheke, Metzger, Frisör, Postamt und vielleicht noch ein Supermarkt wären auch sehr empfehlenswert. Also doch Stadt. Die Wohnung sollte barrierefrei sein. Gut wäre auch eine ebenerdige Dusche. Ich weiß, wie viele alte Menschen heutzutage einen Rollator benutzen und benötigen. In vielen Wohnungen gibt es Engpässe durch schmale Türen und Stolperstellen durch Stufen oder etliche Teppiche. Es hat eine Bewohnerin gegeben, die mit einem Umzugsunternehmen ihr gesamtes Hab und Gut mitgebracht hat, um in der Seniorenresidenz einzuziehen. Von geschätzten 200qm Wohnfläche auf 60qm ist ihr Zuhause geschrumpft. Diese Dame wollte auf keines ihrer Möbel verzichten. Hunderte Umzugskartons wurden angeliefert und gestapelt, konnten aber nicht ausgepackt werden, weil die Wohnung den Platz nicht her gab. Also mietete diese Dame eine zweite Wohnung an. Nur für die Kartons und ihre zahlreichen Möbel. Ich habe sie einmal aufsuchen müssen in ihrer Wohnung. Was für ein Chaos! Die Kartons stapelten sich in doppelten Reihen bis zur Decke. Es war kein Durchkommen mehr. Selbst ihr Bett konnte die gute Frau nicht mehr erreichen. Es standen überall Tüten, Täschchen und Bücher herum. Und dann auch noch ein Klavier! Nein, ohne ihr Klavier könne sie nicht leben. Sie hat uns während einer Weihnachtsfeier eine Kostprobe ihres Könnens gegeben. Weil Frau Jung aber durch den Umzug mit den Nerven am Ende war, entsprach das Resultat ihrer musikalischen Vorstellung nicht den Erwartungen der Zuhörer. Obwohl viele sehr schwerhörig sind. In den ersten Wochen hat Frau Jung auf dem Sofa geschlafen. Der Weg zum Bett ist ja zugestellt. Da sie es in ihrer Wohnung nicht aushält und ihr die Decke buchstäblich auf den Kopf fällt, kommt Frau Jung tagtäglich an die Rezeption, um ein ausgiebiges Quätschchen zu halten. „Haben Sie mal ´nen Augenblick?" So fängt ihre Konversation an. Dann redet sie stundenlang von ihrem wunderbaren Leben im Haus mit Garten. Nun ist es aber in einer Seniorenresidenz so, dass zwar die Bewohner an erster Stelle stehen, was die Betreuung angeht, aber die Betreuung besteht aus Angeboten wie Singkreis, Aquarellkurs, Gymnastik etc.. Jedoch nicht aus Hinsetzen, Erzählen und Zuhören, was eigentlich am wichtigsten wäre. Dafür hat niemand Zeit. Weder das Pflegepersonal, noch die Hausdame oder die Herrschaften aus der kulturellen Betreuung, noch die Damen der Rezeption. Das wird auch demonstrativ gesagt. „Tut mir leid, Frau Jung. Ich habe keine Zeit. Machen Sie doch bei unseren Angeboten mit oder gehen Sie eine Runde durch unseren schönen Park. Da kommen Sie auf andere Gedanken. Sie werden sehen." Für die einen sind diese zahlreichen Angebote eine echte Bereicherung ihres Lebens. Alles findet unter einem Dach statt. Sie brauchen sich um nichts zu kümmern. Für die anderen ist das Leben in einer Seniorenresidenz eine Abschiebung auf ein Abstellgleis. Sie sind vergessen und verloren. Zu nichts mehr nütze. Sie warten auf ihr Ende. „Im Himmel ist noch kein Fensterplatz frei", nennt es eine Bewohnerin, die sterben will, aber nicht kann. Was auffällt, es gibt kaum ausländische Bewohner in der Seniorenresidenz. Entweder fehlt das Geld für die Miete oder aber es funktioniert bei ihnen noch das Modell der Großfamilien.

Heute ist mein letzter Arbeitstag in der Residenz. Ich muss Abschied nehmen nach elf Jahren Tätigkeit an der Rezeption. Viele Bekannte und Freunde sagen: „Sei doch froh, dass du nicht mehr dahin musst. Immer nur mit alten Leuten zusammen sein, das stelle ich mir schrecklich vor. Das ist doch sterbenslangweilig." Von wegen! Es waren elf wunderbare, aufregende und emotionale Jahre. Ich möchte diese Zeit nicht missen. Ich habe gesehen wie quälend die körperlichen und geistigen Defizite sein können. Es wurde gemeckert und gelacht. Es wurden viele Freundschaften geschlossen und Beerdigungen organisiert. Diese alten Menschen haben mein Leben beeinflusst, verändert und geprägt. Und das im positiven Sinne. Die Veränderungen, die ich in meinem Leben vorgenommen habe, sind Resultate aus den Erfahrungen im Umgang mit Senioren. Auch im Alter geht noch so manches. Das Alleinsein scheint für viele Menschen ein Problem zu sein. Mit niemandem kann man in den eigenen vier Wänden reden. Keiner braucht einen. Ist das so?

Ich möchte das für mich herausfinden. Also plane ich eine Zeit des Alleinseins.

49

Alleine nach St. Petersburg

Ich habe immer schon mal vorgehabt, nach St. Petersburg zu reisen. Hin und wieder überkommt mich eine Reiselust, und die überkommt mich meistens unverhofft, ohne Vorwarnung. Manchmal ist eine Sendung im Fernsehen daran schuld, manchmal auch der Bericht eines Bekannten, der von seiner Reise erzählt. Dann fängt es bei mir an, zu kribbeln. Ich bekomme Fernweh. Sobald ich ein Reiseziel vor Augen habe, muss ich diesen Plan am besten sofort verwirklichen. Man weiß ja nie, ob nicht vielleicht etwas dazwischen kommt und die Reise nicht zustande kommen kann. Diesmal lockt mich St. Petersburg. Ich möchte herausfinden, wie es ist, alleine in so eine fremde Stadt zu fahren. Wird es langweilig sein, so ganz alleine? Oder brauche ich Hilfe, wenn ich in so einem fremden Land nicht zu recht komme? Schaffe ich es, und werde ich es auch genießen können? Eine Woche Alleinsein soll erst einmal reichen, finde ich. Ich kann es nicht genau beschreiben, was mich so an dieser Stadt fasziniert. Vielleicht der Beiname: Venedig des Nordens. Oder aber, dass diese Stadt in Russland liegt? Ist es der Nervenkitzel? So viele Menschen kenne ich gar nicht, die schon einmal dort waren. Also kann es nur meine Abenteuerlust sein, die mich antreibt. Ich entschließe mich also, diese Reise alleine zu machen. Keine Gruppenreise, keine Begleitung. Nur ich alleine! Ich bin nicht ängstlich. Meine Devise lautet immer: was andere können, das kannst du auch. Im Familien- und Freundeskreis wird dies teils als mutig, teils als leichtsinnig kommentiert. „Du sprichst kein Russisch." „Was ist, wenn du überfallen und ausgeraubt wirst?" „Ich könnte keinem Russen trauen!" So geht es weiter und immer weiter. Ich besorge mir Etliches an Literatur, Stadtplänen, etc. Im Reisebüro bekomme ich Kataloge für Städtereisen. Die Hotels sind auf den Bildern ganz schön anzusehen. Weil mich alle ganz verrückt gemacht haben, bezüglich Gefahr usw., buche ich im Reisebüro über TUI ein Hotelzimmer *und* den Transfer vom Flughafen St. Petersburg zu meinem Hotel. Ich beschließe, den Flug im Internet zu buchen. Ich möchte nach St. Petersburg, wenn die ´weißen Nächte´ sind. Das ist im Hochsommer. Die ganze Nacht über wird es nicht dunkel. Es muss herrlich sein. Also, billigflug.de, direktflug.de, irgend so eine Seite rufe ich auf, und finde einen preiswerten Flieger nach Russland. Eine russische Maschine РОССИЯ-Airline. Abflug von Düsseldorf. Flugzeit etwa 5 Stunden. Ich denke, falls die Maschine abstürzt, hast du wenigstens nicht so viel bezahlt. Galgenhumor. Was ich vom Reisebüro erfahre ist, dass ich vor der Reise ein Visum beantragen muss. Meine Unterlagen müssen von einem russischen Konsulat mit Sitz in Berlin geprüft und bewilligt werden. Erst wenn ich vom Hotel in Russland ´eingeladen´ werde, bekomme ich das Visum. Nach 14 Tagen habe ich es. Glück gehabt! Eine Woche St. Petersburg. Am Flughafen checke ich ein. Viele Russen sind mit an Bord. Untersetzte Männer, rundes Gesicht, ärmlich gekleidet. Im null komma nix ist die Maschine in eine Wodka-Wolke eingehüllt. Es stimmt also, dieses Klischee. Mir wird ganz schlecht vom Gestank. Wir heben pünktlich ab, und ich freue mich schon auf St. Petersburg. Das Wetter ist herrlich, es verspricht, ein ruhiger Flug zu werden. Ich habe einen Fensterplatz, die Sonne scheint mir ins Gesicht, und schon macht das Flugzeug die erste Kurve. Die Kurve wird lang und immer länger, die Sonne ist jetzt auf der gegenüberliegenden Seite zu sehen. Ich denke, komisch, wieso fliegen wir so eine komische Route? Da ertönt es aus dem Cockpit: „Guten Morgen, meine Damen und Herren, es begrüßt Sie an Bord der Maschine Ihr Kapitän." Es ist ein weiblicher Kapitän. „Wir müssen Sie bitten, sich wieder anzuschnallen. Wie Sie sicher gemerkt haben, fliegen wir zurück. Wir müssen notlanden. Bitte

52

bewahren Sie Ruhe. Es wird nichts geschehen. Hier bei mir im Cockpit ist nur eine Lampe rot. Und ich weiß nicht, was das ist! Mir ist lieber, dass wir das am Boden durchchecken lassen. Sie werden sicher Verständnis dafür haben. Vielen Dank." *Nur* eine Lampe Rot! Mein Blutdruck sackt in den Keller. Hätte ich doch bloß nicht eine russische Maschine gewählt. Hätte ich doch bloß auf die Ratschläge meiner Familie und Freunde gehört. Mit dem beschleunigten Herzschlag aller Passagiere hätte man locker ein ganzes Kraftwerk betreiben können. Die Russen auf einen Schlag nüchtern. Der Mief bleibt leider trotzdem. Kein Macho mehr an Bord. Sehr angenehm. Schweißperlen stehen denen stattdessen auf der Stirn. Sieh an, auf einmal sind wir alle gleich. „Wie kann man es zulassen, eine Frau fliegen zu lassen?" Ich hör wohl nicht recht. „Das ist doch klar, dass eine Frau überfordert ist, wenn es technische Probleme gibt!" Unverschämtheit, denke ich. Die kann doch nichts dafür. Wenigstens dreht sie um und fliegt nicht einfach weiter. Es hilft nichts. Wir müssen uns anschnallen und beten, dass wir heil runter kommen. Wir kommen heil runter. Niemand darf das Flugzeug verlassen. Wir warten auf die Monteure. Endlich. Mit zweistündiger Verspätung starten wir erneut. Ohne Komplikationen, jedoch können wir auf dem Flug keine Toilette benutzen.

Das rote Licht hat was mit einer Öffnung zu tun, die sich nicht verschließen lässt auf der Toilette. Am Boden konnten die Monteure den Schaden nicht beheben. Also gut. Mit einem mulmigen Gefühl im Magen haben wir den Flug durchgestanden. Endlich ist St. Petersburg in Sicht. Aus der Luft sieht man schon die Ostseeküste und die vielen Kanäle in der Stadt. Traumhaft schön. Das Flughafengebäude ist sehr modern und europäisch. Alles ist auf Hochglanz poliert. Überall stehen bewaffnete Männer in Uniform und schauen einen mit ernstem Gesicht an. Sofort bekomme ich ein mulmiges Gefühl. Nachdem ich mein Gepäck abgeholt habe, gehe ich Richtung Ausgang. Alles hier ist fremd. Überall kyrillische Schrift. Ich kann mich nur dem Strom der Menschen anschließen, die auf den Ausgang zuströmen. Wird schon stimmen. Ich habe ja den Transfer zum Hotel gebucht. Also halte ich Ausschau nach einem TUI-Schild oder nach einem Schild mit dem Namen des Hotels. Wie war der noch gleich? Ah richtig, DOSTOEVSKY-Hotel. Langsam leert sich die Halle, ich sehe immer noch keinen, der mich abholen soll. An einem Info-Stand frage ich nach dem Transfer von TUI. "We don´t know. Kennen wir nicht. Never heard about." TUI unbekannt. Ach du Sch…. Was mache ich jetzt? Eine viertel Stunde ist rum, eine halbe Stunde. Nach fast einer Stunde sehe ich ein kleines Hutzelmännchen, anders kann ich ihn nicht bezeichnen, der ein selbstgemaltes Pappschild vor seiner Brust hält. Da steht mein Name drauf! Mir fällt ein Stein vom Herzen. Aus seinen 20 Wörtern Englisch und sieben Wörtern Deutsch höre ich heraus, dass er von der Verspätung gehört habe, und dass er erst mal wieder nach Hause gefahren sei, seinen Sohn von der Schule abgeholt habe und jetzt mit seinem Auto eben hier sei, um mich zu meinem Hotel zu fahren. Eigentlich ist der ganz nett, denke ich. Siehste, klappt doch! Die Fahrt durch St. Petersburg in seinem klapprigen Auto ist abenteuerlich. Ich glaube, einen TÜV haben die Russen nicht. Zumindest sehen die Autos hier so aus, als würden sie bei der nächsten Kurve auseinander fallen. Verbeult, verrostet und erbärmlich. Rote Ampeln, überflüssig! Kein Mensch bleibt dafür stehen. Schlaglöcher, so tief wie Riesenkrater, die einen verschlucken können. Also fahren wir im Slalom um die Schlaglöcher herum, fahren über die roten Ampeln, hupen ab und zu, bremsen notgedrungen, um keinen alten Menschen zu überfahren. Ich bin beeindruckt. Es ist Alltag in Russland. Alle fahren so. Selbst die Fußgänger scheint das nicht zu stören. Auch sie laufen bei Rot über die Ampeln. Unsere deutschen Politessen hätten ihre Freude, oder auch nicht. Zumindest

55

würde sich deren Kasse im Handumdrehen füllen. Nach vierzig Minuten Fahrtzeit haben wir mein Ziel erreicht. Da ist das Hotel DOSTOEVSKY. Ich bin erleichtert. Trinkgeld kann ich dem Fahrer nur in Euros geben. Man darf nicht schon von Deutschland aus Geld umtauschen. Das muss vor Ort geschehen. Mein Fahrer freut sich und nimmt es gerne an. Von außen sieht das Hotel aus wie ein riesiges Hochhaus, an die acht Etagen. Ein imposantes rotes Backsteingebäude. Die Empfangshalle ist eigentlich keine Halle, sondern eher ein enges Büro, in dem sich zig Touristen knubbeln und auf ihren Bus warten. Franzosen, Engländer, Schweizer, Japaner. Ich schlängele mich bis zur Rezeption durch und begrüße die Empfangsdame. Nein, sie kann kein Deutsch, nur etwas Englisch. Mit Mühe und Not erfahre ich, wo ich mein Zimmer finde, wann es Frühstück gibt, wo es Frühstück gibt. Und weg ist sie. Hätte ich doch bloß einen Kompass mitgenommen. Das Hotel ist dermaßen groß, dass es eigentlich nur mit Grundrissplan in der Hand betreten werden sollte. Acht Etagen, etwa 1000 Zimmer, etliche Innenhöfe, mittendrin eine Hintertür zu einem Einkaufszentrum. Ich werde fast verrückt. Wo ist bloß mein Zimmer? Nach einer halben Stunde habe ich es endlich gefunden! Ein fensterloses Zimmer, das Bett weich und durchgelegen, aber dennoch fühle

56

ich mich hier erst mal wohl. Ich bin angekommen. Ich habe es bis ins Hotel geschafft. Das Flugzeug ist nicht abgestürzt. Auf meinem Handy: drei Anrufe in Abwesenheit. Ich melde mich zu Hause. Ja, ich bin gut angekommen, nein, es ist alles bestens, gar kein Problem, alle sind nett, ja der Flug war ruhig, ich bin pünktlich abgeholt worden. Ich melde mich wieder. Tschüss.

Am liebsten würde ich dieses Zimmer gar nicht mehr verlassen. Bis zu diesem Zeitpunkt hat mich die Reise schon ganz schön viele Nerven gekostet. War ich vielleicht doch zu leichtsinnig, alleine zu fahren? Aber dann denke ich: so ein Quatsch. Reiß dich zusammen. Es ist traumhaft schönes Wetter, und die Stadt möchte von dir erobert werden. Hänsel und Gretel haben Brotkrumen gestreut, um sich nicht zu verlaufen. Das hätte ich auch besser gemacht, denn zurück zur Rezeption ist es genauso schwierig wie hin. Als ich am Ausgang bin, fällt mir ein, dass ich ja noch gar kein russisches Geld habe. In der Ecke des Empfangsraumes entdecke ich das russische Modell eines Geldautomaten. Ich erkenne nur das Symbol der ec-Karte, und denke: hier bist du richtig. Also, Karte reingeschoben. Oje, was jetzt, alles ist in kyrillischer Schrift. Wie viel Geld soll herauskommen? Ich habe den Umrechnungsfaktor nicht mehr im

Kopf. Also drücke ich eine Zahl, die mir realistisch vorkommt. 500 Rubel. Das hat geklappt, die Geldscheine kommen raus, und meine Karte ist auch wieder rausgekommen. Ich bin ja doch nicht so blöd, denke ich. Als ich auf der Straße bin, scheint mir die Sonne ins Gesicht. Eine herrliche Luft. Städte, die am Wasser liegen, haben einen besonderen Duft, finde ich. Die Ostsee ist auch nicht fern. Ich gehe los und erkunde die Umgebung rings um mein Hotel. Stadtplan und Reiseführer sind in meiner Tasche. Womit ich nicht gerechnet habe ist, dass die Namen der Straßen alle in Kyrillisch geschrieben sind. In meinem Stadtplan jedoch in lateinischen Buchstaben. Ich mache es also wie in jeder anderen fremden Stadt. Ich orientiere mich an auffälligen Fassaden, an der Anzahl von Brücken, der Anzahl von Querstraßen etc. Das erfordert natürlich viel Konzentration, aber ich möchte mich schließlich nicht verlaufen. Langsam knurrt mir der Magen. In einer Seitenstraße, die ich gerade betreten habe, sehe ich ein paar Frauen und Männer aus einem Gebäude kommen mit Tüten in der Hand. Mal sehen, was das ist, wo sie da rauskommen. Ich stelle mich also vor die Tür und warte, bis wieder jemand herauskommt. Die Tür geht auf. Jetzt sehe ich, dass sich hinter der Tür eine große Markthalle befindet, mit frischem Gemüse, Obst, Hühnern, die noch leben,

Fischen auf großen Eisflächen, Körbe, Töpfe. Von außen kann man nicht erkennen, dass dieses Haus eine Markthalle beherbergt. Keine Reklame außen, nicht einmal eine Fensterscheibe mit Auslagen. Nichts. Nur Mauer. Ich betrete diese Halle und schaue mich um. Da ich kein Russisch spreche, zeige ich auf Äpfel und Aprikosen, eine Flasche Wasser, die ich kaufen möchte. Das klappt wunderbar. Aber beim Bezahlen merke ich, dass fast alles Geld ausgegeben ist. 130 Rubel. Ich schaue auf den Umrechnungsfaktor. Tatsächlich, das sind ja nur 2,50 Euro. Ich Blödmann. Ich habe nur etwa 10 Euro umgetauscht. Na jedenfalls kann ich meinen knurrenden Magen beruhigen. Ich setzte mich auf eine Bank und beobachte das bunte Treiben auf den Straßen. Das ist toll. An diesem Wochenende findet ein bunter Umzug durch die Straßen statt. Zu vergleichen mit unserem Straßenkarneval. Alles ist bunt geschmückt mit Girlanden und Fahnen, und die Menschen sind verkleidet. Vergessen ist der ganze Stress. Ich lasse mich anstecken von der ganzen Fröhlichkeit, genieße die Stadt und deren Atmosphäre. Sogar mein Hotel habe ich wiedergefunden, sodass ich am Abend mein Bett ausprobieren kann. Sieben Uhr am Morgen. Aufstehen, frühstücken. Mal sehen wo das ist und wie das geht. Ich finde den Frühstücksraum. Es gibt für etwa 50 Personen Sitzgelegenheiten. Leider sind aber an die 800 Gäste im Hotel, die alle zur gleichen Zeit frühstücken wollen. So kommt es mir jedenfalls vor. Und so ganz falsch liege ich damit nicht, denn wie sich herausstellt, sind alle Gäste Teilnehmer von Gruppenreisen. Um Punkt acht ist für die Treffpunkt an der Rezeption und Abfahrt mit den Bussen zu den Besichtigungszielen. Ich bin wahrscheinlich die einzige, die solo unterwegs ist! Ich setzte mich zu einem Ehepaar an den Tisch, anders geht es nicht, und alle machen es so. Die beiden sind sehr nett, kommen aus der französischen Schweiz und wollen erst St. Petersburg und dann Moskau besichtigen. „Ach, Sie fahren ganz alleine?" Très courageux. „Ist das nicht gefährlich?" „Pouvez vous parler russe?" „Nein, ich kann kein russisch, aber bisher bin ich überall hingekommen, wo ich hinwollte." „Have a nice day. Au revoir. Salut." Nach dem Frühstück mache ich mich fertig für die Stadt. Die Sonne lacht, der Himmel ist wolkenlos. Einfach herrlich. Schnell noch mal an den Geldautomaten. Und los geht's. Mit einem Fotoapparat und Stadtplan starte ich meine Mission. Ich möchte alles aufnehmen und für zu Hause im Bild festhalten. Ich darf jedoch keine Brücken, Bahnhöfe und keine U-Bahnstationen fotografieren. Das ist in Russland nicht erlaubt. Im gesamten

Stadtbild wimmelt es nur so von Polizei. Mir wird schon ein wenig mulmig, als ich das sehe. Ich beschließe, auf keinen Fall die U-Bahn zu nehmen. Im Prospekt habe ich gelesen, dass die Schienen zig Meter unter der Erde liegen. Etliche Rolltreppen sind zu nehmen. Keine Schnappschüsse. Ich habe eine gute Ausrede: das Wetter ist phantastisch, und ich bin gut zu Fuß. In den Straßen wimmelt es von Menschen. Mir fällt auf, wie hübsch die russischen jungen Frauen sind. Es könnten alles Models sein. Schlank, groß, gepflegt und sehr selbstbewusst. Während die alten Frauen doch eher ärmlich aussehen mit ihren Kopftüchern und alten Kleidern bzw. Lumpen. Wie viele Alte sehe ich in den Mülleimern wühlen, um etwas Essbares zu finden. Bettler sehe ich nicht, dafür aber zahlreiche Männer in Uniform. Vielleicht darf hier nicht gebettelt werden? Was mir auch auffällt sind die breiten, maroden Straßen. So breit wie eine 6-spurige Straße bei uns. Jedoch fahren hier nur eine Hand voll Autos. Das gäbe es bei uns in keiner Großstadt! Ich bin fasziniert von der ruhigen Geschäftigkeit. Nach fast vier Stunden Fußmarsch möchte ich mich was ausruhen. Da passt es gut, dass ich vor mir einen Bootsanleger sehe für Rundfahrten auf der Newa, dem großen Fluss, der im Finnischen Meerbusen mündet.

Touristenfahrten werden auf Englisch, Französisch und Deutsch angeboten und dauern zwei Stunden. Umgerechnet zwanzig Euro sollen sie kosten. Gegenüber der Anlegestelle sehe ich ganz ähnliche Schiffe, die aber nur russische Bedienstete an Bord haben. Auf einem Schild steht: ´ПУТеВКИ´. Ich habe keine Ahnung, was das heißt, und fragen kann ich auch keinen, weil die nur Russisch sprechen. 400 Rubel, steht da noch. Diese Fahrten kosten nur 8 Euro! Das finde ich super und als ich sehe, dass russische Touristen dieses Schiff betreten, kaufe ich mir direkt eine Fahrtkarte für dieses Schiff. Ist doch egal, wenn ich nichts verstehe, denke ich. Ich kann im Reiseführer ja alles nachlesen. Ich werde sehr freundlich an Bord gebeten. Was bin ich mutig! Schließlich bin ich hier, um Land und Leute kennen zu lernen. Meine Bedenken sind mittlerweile verflogen. Vom Schiff aus sehe ich viele Sehenswürdigkeiten der Stadt. Und ich kann mich etwas ausruhen. Vor uns ist die Eremitage zu sehen, das größte und schönste Museum der Welt, wie ich finde. In mehr als 350 Sälen, darunter dem Winterpalast, sind über 60.000 Exponate ausgestellt. Die Fassade des Winterpalastes in hellblau mit weißen und goldenen Türmchen wurde 1837 nach einem großen Feuer in russischem Barock Stil wiederaufgebaut. Vorbei geht es mit dem Schiff an der Auferstehungskathedrale, meine Lieblingskirche. Welch eine Pracht! Überall glänzen die goldenen Kuppeln über der Stadt. Und die Straßenmusiker verzaubern mich mit ihrer Musik. Diese Kirche wird auch Erlöserkirche oder Blutkirche genannt. Sie wurde an der Stelle gebaut, an der Zar Alexander II. einem Attentat 1881 erlag. Es ist die einzige Kirche im Zentrum St. Petersburgs, die im altrussischen Stil erbaut wurde. Alle anderen Kirchen haben Zeichen der westlichen Architektur. Nach der Rundfahrt habe ich Hunger und beschließe, mir ein Restaurant zu suchen. Ich habe keine Lust auf McDonalds oder BURGER KING, die es in St. Petersburg auch gibt. Nein, ich möchte typisch russisch essen. Im Reiseführer, den ich inzwischen rauf und runter beten kann, steht, dass man ein Restaurant betritt und abwartet, bis man von einem Ober an einen Tisch gebeten wird. Was in keinem Reiseführer steht: es gibt draußen vor den Restaurants keine Speisekarte, auf der man schon sehen kann, was es dort zu essen gibt und wie teuer es da ist. Auweia. Was mache ich jetzt? Ich traue mich nicht. Ich gehe weiter. Mittlerweile ist es schon halb drei. Mein Magen knurrt. Da erblicke ich ein Restaurant im Freien. Es sitzen einige Touristen dort, und ich kann im Vorbeigehen sehen, was bei denen auf den Tellern liegt. Sieht gar nicht so schlecht aus! Also beschließe ich, mich dorthin zu setzen und dort zu essen. Irgendwo habe ich gelesen, dass ein russischer Borschtsch super lecker sein soll. Der steht sogar auf der Karte. Also bestelle ich diese Kohlsuppe. Was soll ich sagen? Den Rest meines Urlaubs habe ich nach Knoblauch gestunken. Ich habe auch nichts anderes raus geschmeckt aus der Suppe, nicht mal die rote Beete. Nie wieder! Zumindest nicht in diesem Restaurant. Ob die Russen deshalb so viel Wodka trinken, um den Geschmack hinunter zu spülen? Am nächsten Tag möchte ich mir das Museum anschauen, die Eremitage. Von meinem Hotel aus sind es etwa 3 Kilometer Fußweg. Das schaffe ich. Ich traue mich ja nicht in eine U-Bahn. Auf dem Platz vor der Eremitage stehen Unmengen von Reisebussen. Und vor dem Eingang des Museums hat sich schon eine kilometerlange Schlange gebildet. Ich stelle mich hinten an. Na, das kann ja dauern! Ich stehe und stehe, es geht nur häppchenweise voran. Da entdecke ich auf der anderen Seite des Gebäudes noch eine Warteschlange. Was ist, wenn ich hier gar nicht richtig bin? Ich brauche ja noch eine Eintrittskarte! Was ist, wenn ich hier endlich bis zum Eingang komme und ich bin völlig falsch, weil es Karten nur am anderen Ende gibt? Wen kann ich fragen? Kein deutsches Wort ist zu hören. Alles Japaner, Russen,

Franzosen um mich herum. Trotzdem, ich muss es versuchen! Ich trete aus der Schlange und rufe so laut es geht: „Is here anyone who can tell me if I´ am right here?" Bin ich hier richtig? Etliche Japanerinnen kommen auf mich zu und helfen mir gerne weiter. Ich bin richtig! Wozu die Aufregung! Am Eingang Uniformen, Wachpersonal, Polizisten. Als ich aber drin bin, kann ich mich frei bewegen wie in kaum einem anderen Museum auf der Welt. Und ich kenne einige! Vor den Ölgemälden gibt es keine Absperrungen wie bei uns in Deutschland. Ich könnte sogar die Bilder anfassen - wenn ich mich trauen würde. *Und* ich darf fotografieren. Die Impressionisten, die mich am meisten interessieren, sind im Winterpalais auf der zweiten Etage zu finden, Säle 314-332. Ich bin im Bilde.

Das Winterpalais ist eines von fünf Gebäuden der Eremitage. Das Innere des Gebäudes ist dermaßen phantastisch, dass die Kunstwerke eher nebensächlich sind. So empfinde ich das. Russisches Barock vom Feinsten. Und in dem Moment bin ich richtig froh, nicht einer Reisegruppe anzugehören. Die müssen immer hinter einem Fähnchen herlaufen, ob sie wollen oder nicht, ob sie können oder nicht. Ich kann mein Tempo selbst bestimmen. Kann mich hinsetzen, beobachten, schmunzeln über die Hektik, die so manche Gruppe verbreitet. Keine Zeit, keine Zeit, wir müssen weiter, vite, vite. Die Armen! Ich schaue mir auch nur das an, was *mich* interessiert und nicht den Reiseleiter. Alles in allem bin ich restlos zufrieden mit diesem Ausflug. Was steht noch auf meinem Besichtigungsplan in St. Petersburg? Ich möchte gerne das Schloss ´Peterhof´ kennenlernen. Das Schloss ´Peterhof´ ist eines von vielen Sommerresidenzen des Zaren und gilt wegen der prächtigen Parkanlagen und der grandiosen Wasserspiele als ´russisches Versailles´. Es liegt direkt an der Ostsee, am Finnischen Meerbusen. Mit einem Tragflächenboot gelangt man von der Eremitage aus in 30 Minuten zu diesem Palast. Das mache ich. Schöner kann so ein Tag nicht sein. Strahlend blauer Himmel, es ist warm, meine Füße können wieder. Ich steige ein in das Schiff, und los geht's. Da ich ein Fan von Nord- und Ostsee bin, hänge ich meine Nase in den Wind und atme die salzige Luft tief ein. Wunderbar. Nach einer halben Stunde sind wir da. Schon vom Anleger aus kann man ein prächtiges Schloss sehen, davor unzählige Springbrunnen und Fontänen. Durch einen kleinen Wald gelangt man zu den Parks und dem Schloss. Überall goldene Türmchen, Putten auf jedem Geländer, Herrschaften in historischen Kostümen, die sich gegen Gebühr sehr gerne fotografieren lassen.

Das muss man einfach gesehen haben. Und dann gibt es in den Parks sogenannte ´Spaßbrunnen´. Die hat Peter der Große im unteren Park errichten lassen, zur Belustigung aller Besucher. Man muss sich das so vorstellen: eine Fläche von etwa 6 m² ist mit Kopfsteinpflaster versehen. Sobald man darüber läuft und auf einen Stein tritt, schießt Wasser hoch, und man wird pitschnass. Es ist aber jedes Mal ein anderer Stein, der betreten werden muss. Man kann sich also keine Taktik ausdenken, um trockenen Fußes hindurch zu kommen. Das hat eine ganze russische Schulklasse spitz bekommen. Oh, was haben die für einen Spaß. Bis auf die Unterhosen sind die nass geworden. Und dann kommt ihre Lehrerin! Eine Lehrerin, die aussieht, als käme sie aus einem Erziehungscamp, wie man es aus dem Fernsehen kennt. Ich brauche keine Russischkenntnisse, um das zu verstehen, was sie ihren Schülern an den Kopf geworfen hat. Sofort herrscht Ruhe und Disziplin. Wow. Ich bin beeindruckt. Spielverderber!

Einmal ist alles vorbei. So auch mein Aufenthalt in St. Petersburg. Die Koffer sind gepackt, und es geht wieder mit einem Privattransfer zum Flughafen. Diesmal erlebe ich keine böse Überraschung. Der Fahrer bringt mich pünktlich und sicher zum Airport. Ein kurioses Schild am Eingang zur Check-In-Halle weckt meine Neugier. Was ist das? Da hängt doch tatsächlich ein Verbotsschild an der Wand: ´Maschinengewehre verboten´. Ist das nicht selbstverständlich, dass man als Passagier keine Pistolen mitbringen darf? Im Prinzip kann ich darüber schmunzeln, aber mir macht es auch ein wenig Angst. Mein Koffer ist aufgegeben, und ich habe noch gut eine Stunde Zeit bis wir an Bord unserer Maschine gehen können. Da kommt ein junger Mann auf mich zu. Glatze, Springerstiefel, ein Skinhead vom Feinsten. Ich denke: das war´s. Jetzt kommt das, wovor alle dich gewarnt haben. Du wirst überfallen. Ich halte meine Handtasche fest auf meinem Schoß verschlossen und probiere, den Jüngling zu ignorieren. Der kommt aber zielstrebig auf mich zu und fragt auf Deutsch: „Darf ich mich zu Ihnen setzen?" Wieso redet der deutsch? Um ihn nicht zu provozieren sage ich: „Ja, natürlich." Er sieht mich an. Seine Augen sind unruhig, sein Blick schwenkt ständig zur Seite, so als würde er jemanden suchen. Diese Unruhe macht mir Angst. Was will der denn von mir? Dann redet er drauf los – ohne Punkt und Komma. „Sie glauben gar nicht wie schön es für mich ist, wieder deutsch zu reden!" „Wieso?" will ich wissen. „Ich war ein ganzes Jahr lang an der sibirischen Grenze in einem Erziehungslager. Mit vierzehn habe ich zu Hause in Gelsenkirchen nur

68

Scheiße gemacht. Einbruch, Diebstahl, Drogen. Bis es meiner Mutter zu viel wurde und sie mich in ein Erziehungscamp schickte. Nach Russland. Das Jahr ist rum, und jetzt darf ich wieder nach Hause. Ich kann Ihnen sagen, mich kriegt hier keiner mehr hin. Bei minus 30 Grad im Winter ohne Wasser und Strom, weit weg von einer Stadt habe ich gewohnt in einer Holzhütte. Nur Kommandos, alles auf Russisch. Am Anfang habe ich nichts verstanden. Strafen, Prügel. Das war so heftig! Ich schwöre, ich werde nie wieder Scheiße machen! Dafür kann ich jetzt aber richtig gut Russisch sprechen. Ich verstehe die hier alle. Meine Mama wird Augen machen. Die weiß gar nicht, dass ich heute nach Hause komme." Die Geschichte klingt sehr kurios. Meine Hände sind schweißnass, aber ich lasse mir nichts anmerken. „Was willst du denn machen, wenn du wieder zu Hause bist?" frage ich. „Ich mache erst einmal meinen Schulabschluss, und dann vielleicht was mit Sprachen. Vielleicht Dolmetscher für Russisch?" „Das finde ich eine hervorragende Idee", sage ich. „Wer kann das schon? Russisch sprechen. Also ich wünsche dir alles Gute, und dass du keinen Mist mehr machst. Tschüss." Der junge Mann wirkt zwar etwas entspannter als vorhin, aber die Unruhe ist immer noch da. Ständig guckt er sich um. Ich stehe auf, um durch die letzte Sicherheitsschleuse zu kommen und hoffe, dass mir der Junge nicht folgt. Ich habe die letzte Kontrolle hinter mir und drehe mich noch einmal um. Da sehe ich, wie bewaffnete Polizisten auf den Jungen zugehen. Ihr Gang wird immer schneller. Von allen Seiten kommen sie heran und haben ein Ziel: diesen Jungen festhalten und in Handschellen abführen. Mir zittern die Knie als ich das sehe. Er ist also doch nicht so harmlos wie er sich gegeben hat. Wahrscheinlich ist er aus dem Camp abgehauen. Oder die ganze Geschichte war gelogen. Ich habe keine Ahnung und bin froh, dass ich in Sicherheit bin.

Letzter Aufruf der Maschine nach Düsseldorf. Ausgang B42. Halten Sie Ihre Pässe bereit. Mein Portemonnaie ist noch da, das Geld ist auch noch drin. Ich habe vorsichtshalber mal nachgeschaut.

Fazit dieses Urlaubs: ich habe mich mit mir alleine sehr wohl gefühlt. Es war nie langweilig mit mir. Ich war mir meine beste Freundin geworden. Es hat mich vor allem am Anfang der Reise viele Nerven gekostet, aber meine Zuversicht und mein Gottvertrauen haben mich nicht im Stich gelassen. Alleinsein heißt nicht einsam sein. Auch meine Kinder haben mitgekriegt, dass ich gut alleine sein kann. Es sollte nicht das letzte Mal gewesen sein, dass ich einen Singleurlaub mache. Keine Kompromisse eingehen, aufstehen, wann ich will, essen, was ich will, schlafen, wann ich will. Das ist ein wahrer Luxusurlaub.

Der Urlaub ist vorbei.

Ab morgen habe ich Zeit

In meinem Bekanntenkreis und in der Familie kenne ich viele Ehepaare, die kurz vor der Pensionierung des Mannes stehen. Monate vorher höre ich schon das Gejammer der Ehefrauen, wenn sie nur schon an den Tag der Pensionierung denken. „Um Himmels Willen, was soll ich machen, wenn mein Mann den ganzen Tag hier rumsitzt und mir auf die Nerven geht? Er hat keine Hobbys. Er weiß selbst nicht, was er machen soll." Katastrophe! Ich muss unweigerlich an den Loriot-Film ´Pappa ante portas´ denken, in dem Loriot einen Familienvater spielt, der in den Ruhestand geht , mit seiner freien Zeit nichts anzufangen weiß und die Nerven seiner Familie mächtig strapaziert. Ich muss zugeben, diese Befürchtungen hatte ich auch, aber dann kam doch alles ganz anders. Das Leben lässt sich eben nicht so genau planen. Diese Sorgen hätte ich mir gar nicht machen müssen.

Ab morgen habe ich Zeit.
„Von wegen", sagen die einen.
„Das stimmt", die anderen. Aber wofür habe ich Zeit?

Bei meiner Freundin kam der Ruhestand wegen einer Erkrankung ihres Mannes von jetzt auf gleich. Jetzt hat sie ihren Mann zu Hause. Die Flimmerkiste läuft ab dem Vormittag, und nur weil der Hund mal raus muss, kommt ein wenig Bewegung in den Alltag. Ihr Albtraum ist wahr geworden. Sie fühlt sich beobachtet und kontrolliert. Viele Jahre konnte sie ihren Alltag alleine organisieren und genießen. Jetzt gerät ihre Freiheit in Gefahr. Ihr Mann denkt möglicherweise ganz anders darüber. Endlich frei haben. „Morgen brauche ich keinen Wecker zu stellen. Ich kann in Ruhe frühstücken, wenn ich ausgeschlafen habe, dann werde ich die Zeitung lesen bis zum Mittag, und danach wird man sehen." Die Zeit vertrödeln mit Nichtstun. Davor hat mich meine Mutter immer gewarnt. Ruhestand. Was für ein Wort. **RUHESTAND.** Was bedeutet das? Ruhe wie: nichts mehr los? Langeweile? Gähnende Leere, Einsamkeit? Oder endlich Zeit für Schönes haben, keinen Stress mehr im Beruf erleben müssen? Reisen planen in ferne Länder, Konzert- oder Museumsbesuche, Freunde einladen.

Stand wie: Stillstand, still gestanden? Oder gesellschaftlich veränderter Stand. Vom Arbeitenden zum Pensionär?

Für die einen scheint der Ruhestand ein wohlverdienter Segen zu sein, für die anderen der Beginn einer großen Ungewissheit. Was fange ich mit meiner gewonnenen Zeit an? Durch meine jahrelange Erfahrung in der Seniorenresidenz habe ich gemerkt, wie wichtig es ist, sich schon bei Zeiten, also schon in den Jahren vor der Rente nach einem Hobby oder einer sinnvollen Beschäftigung umzusehen, die ich im Alter noch ausführen kann. Fange ich erst mit 65 Jahren damit an, dann wird es schwierig. Und ist man dann in einer Seniorenresidenz eingezogen und möchte sich nützlich machen, dann stößt man auf Widerstand. Eine Residenz ist schließlich ein Ort, an dem den Senioren alles an Arbeit abgenommen wird. Sie brauchen bzw. sollen sich um nichts mehr kümmern müssen. Das Mittagessen gibt es im hauseigenen Restaurant. Eine Putzfrau macht einmal pro Woche die Wohnung sauber. Die Hausärzte machen ihre Hausbesuche, die Wäsche wird gewaschen. Selbst eine Tasse Kaffee wird frisch aufgebrüht angeboten. Natürlich zu kleinen Preisen. Was ist also noch zu tun? Nichts. Und das ist ein großes Dilemma. Ob es einen Zusammenhang gibt mit einer Zunahme an dementen Bewohnern? Termine muss man sich nicht merken, weil man von den Damen an der Rezeption oder der kulturellen Betreuung daran erinnert wird. Ein Montag ist so gut wie ein Samstag. Zeit gibt es im Überfluss. In meiner Kindheit gab es viele Dinge nicht, die heute den Alltag erleichtern. Keine Waschvollautomaten, keine Handys, kein Fernseher, kein Computer. Da kann es einem schnell langweilig werden, wenn nichts mehr zu tun ist.

Mein Schwiegervater machte ab seinem letzten Arbeitstag rein gar nichts mehr. Da kein Hund zur Verfügung stand, saß der Schwiegervater morgens am Küchenfenster, um die Straße im Blick zu haben, und nachmittags am Fenster des Wohnzimmers. Da erschienen nur die Meisen am ausgestreuten Futter des Vogelhäuschens. Sonst hatte er keine Abwechslung. Blätterte die Farbe am Vogelhäuschen ab, so ging er in seinen vollgestopften Werkzeugkeller, zog sich seine grüne Arbeiter-Latzhose an und malte neue Farbe aufs Vogelhaus. Es gab eine Zeit, da lief er ständig mit einem kleinen Eimer weißer Farbe im Haus herum und *renovierte* Fensterrahmen, Türen oder Schubladen. Überall sah man weiße Farbkleckse. Irgendwann war es seiner Frau dann zu viel, und sie verbot ihm diese Farbschmierereien. Von da an hatte er wirklich nichts mehr zu tun. Gejammert hat er darüber aber nie. Ich glaube, er war zufrieden so, wie es war. Hobbys oder Interessen hatte er keine. Kann man an Langeweile sterben? Ich glaube ja. Aber das dauert. Mein Schwiegervater ist auf jeden Fall erst nach seiner Frau gestorben. Meine Schwiegermutter war das genaue Gegenteil von ihrem Mann. Aktiv, resolut und voller Energie und Tatendrang. Sie wäre verzweifelt an dem trostlosen Dasein ihres Mannes, hätte sie ihre zahlreichen Hobbys nicht ausgeweitet. Neben Bridgeclub und Canasta- Spielen machte sie noch Sport. Im Gegensatz zu ihrem Mann hatte sie einen großen Bekannten- und Freundeskreis. Und sie setzte durch, dass jedes Jahr eine Reise unternommen wurde. Früher waren die Ziele Gran Canaria, Rom oder Meran. Jetzt wurden Reiseziele in der Nähe gewählt. Sylt, Bad Orb, Bad Westernkotten. Sie packte die Koffer für ihn und sich, buchte die Unterkünfte und fuhr mit dem eigenen Wagen bis sich die Beulen am Auto nicht mehr reparieren ließen. Alles machte sie im Alleingang, weil sie sowieso alles besser konnte als ihr Mann und ihr Sohn. Für meine Schwiegereltern kam es nicht in Frage, dass einer von ihnen oder beide in ein Altersheim gingen. Als beide später krank wurden und sich die Stürze häuften, verkauften sie ihr Haus und zogen ganz in die Nähe ihres Sohnes in eine Eigentumswohnung. Meine Schwiegermutter ist so gestorben, wie sie gelebt hat. Innerhalb weniger

Stunden, ohne große Qual. Ohne Ankündigung. Ratzfatz. Herzinfarkt. Aus.

Damit hatte ihr Mann nicht gerechnet. Jetzt war die Frage, wer sich um ihn kümmern kann oder soll oder muss. Er war ja jahrelang an die Unselbständigkeit gewöhnt gewesen. Nicht mal ein Spiegelei konnte er braten. Geschweige denn Wäsche waschen und einkaufen. Natürlich ist die Familie eingesprungen. Er wäre sonst verhungert. Neben einem Lungenemphysem ist er tatsächlich an Langeweile gestorben. Zu Hause. Im Dabeisein seines Sohnes. Während mein Vater, als er sterbenskrank war, von seiner Frau zu Hause gepflegt wurde und auch zu Hause gestorben ist, hat meine Mutter in der gleichen Situation ihre drei Töchter in die Pflicht genommen, sich zu kümmern und in ihrem Sinn zu handeln. Mir gegenüber hat sie den Wunsch geäußert, dass ich alles aufschreiben soll, wie ich es erlebe, wenn sie stirbt und wie sie sich auf ihr Sterben vorbereitet. Ich habe bis dahin nicht für möglich gehalten, dass sich eine Mutter so etwas wünschen würde. Aber ich habe es ihr versprochen.

Ich klopfe an ihre Zimmertür und öffne sie. Sie liegt im Bett, und als sie sieht wer da herein kommt, strahlen ihre Augen. „Wie schön, dass du da bist." Meine Mutter ist vor zwei Tagen ins Krankenhaus gekommen und hat von den Ärzten erfahren, dass sie einen bösartigen Dickdarmtumor hat, der auf jeden Fall operiert werden müsse. Ich weiß nicht, wie sie diese Diagnose aufgenommen hat. Eigentlich wollte sie nur wegen ihrer Hämorrhoiden ins Krankenhaus, die sie quälten und sie nicht mehr ohne Beschwerden sitzen ließen. Vielleicht, so denke ich es mir, hat sie da schon geahnt, dass es etwas anderes ist, etwas Bösartiges. Aber von Krankheiten will sie nicht sprechen, das war schon immer so. „Kind, nimm dich nicht so wichtig!" Das waren die Worte ihres Vaters. Nach denen hat sie gelebt. Bis zum heutigen Tag hat meine Mutter einen großen Kreis von Freunden um sich herum geschart, mit denen sie regelmäßige Treffen bei sich zu Hause organisiert. Es wird gesungen, gelacht oder auch nach Themen diskutiert. Dies sind die evangelische Frauenhilfe, der Bibelkreis, ihre Freunde aus Zeiten, als mein Vater noch gelebt hat, Treffen mit dem Pastor, mit dem sie sehr eng befreundet ist. Er hat fast schon Familienstatus. Alles findet in ihrem Haus statt. Und sie ist froh, dass sie erstens so viel Platz für alle hat und zweitens, dass sie selber nicht vor die Tür muss. Das macht ihr in zunehmendem Maße Schwierigkeiten. Uns Kindern ist schon seit einigen Monaten aufgefallen, wie sehr ihre Kräfte nachgelassen haben. Ohne Rollator fühlt sie sich unsicher auf den Beinen. Appetit hat sie kaum noch, und trinken tut sie wie immer viel zu wenig. Nicht ohne Grund haben wir ihr Schlafzimmer ins Wohnzimmer verlegt. So braucht sie keine Treppen zu steigen. Ein schrecklicher Sturz die Kellertreppe hinunter hat vor einem Jahr meine Mutter etliche Knochenbrüche, eine Hirnblutung und eine Wirbelsäulenfraktur gekostet. Aber nach ein paar Wochen Krankenhausaufenthalt scheint sie auf den ersten Blick wieder ganz die Alte zu sein. Sie klagt nicht, sondern reißt sich zusammen. Dennoch ist sie ängstlicher geworden. Wenn ich anrufe, dann können wir stundenlang reden, lästern, diskutieren und lachen. Das war nicht immer so, und deshalb genieße ich es jetzt besonders. Gedanklich rücken wir in der Zeit ihrer Krankheit immer mehr zusammen. Was sie früher belächelt hat – „Irmgard (ihre Schwägerin) muss ins Büro", das heißt, sie telefoniert ihre tägliche Liste ab - das gilt auch jetzt für sie. Das Telefon ist der lebendige Kontakt zur

Außenwelt. Heute ist der Tag, an dem vor der Operation so unangenehme Sachen wie Abführen geplant sind. Eine Flasche dieses ekligen Zeugs hat sie schon intus. Eine weitere steht schon bereit. Ich merke, wie sehr sich meine Mutter dagegen sträubt, auch diesen Inhalt noch zu trinken. Sie weiß, was dann passiert. „Das hier trinke ich erst, wenn du gleich wieder weg bist", sagt sie. Das kann ich gut verstehen. Dennoch zögere ich den Zeitpunkt des Abschiednehmens hinaus. Was wird nach der OP, wenn sie nach Hause will? Müssen wir ihr Haus baulich verändern, damit sie weiterhin dort leben kann? Werde ich sie überhaupt wiedersehen? Wird sie die OP überleben? Sie ist ja so schwach und des Lebens müde. All das geht mir durch den Kopf. Aber so weit ist es noch nicht. Jetzt bin ich hier, und wir nutzen diese Zeit mit Gesprächen. „Oben in der Cafeteria gibt es leckeren Kuchen. Hol uns doch ein Stückchen. Das Mittagessen schmeckt hier einfach scheußlich." Ich habe das Essen auf dem Tisch stehen sehen. Das sieht alles andere als appetitlich aus. Ich hätte da auch keine Lust drauf gehabt. Also fahre ich in den 10.Stock des Krankenhauses und gehe in die Cafeteria. Zwei Stück Sahnetorte nehme ich mit. Als ich wieder auf die Station fahre, ist die Zimmertür angelehnt, und zwei Schwestern sind mit meiner Mutter im Bad. Ich warte vor der Tür. Drinnen höre ich meine Mutter fluchen und jammern. Erst als sie wieder von den Schwestern ins Bett gebracht wird, gehe ich hinein. Ein Häufchen Elend liegt da im Bett und ist den Tränen nahe. Ich nehme sie in den Arm und tröste sie. „Was ist denn passiert?" will ich wissen. Sie schämt sich so sehr. Durch das Abführmittel hat sie es nicht mehr rechtzeitig zur Toilette geschafft. Ihre Innereien sind förmlich aus ihr heraus explodiert. Alles ist voll Blut und Kot. Es ist für meine Mutter so entwürdigend, dass diese netten, liebevollen Schwestern diesen Dreck weg machen müssen. Jetzt ist genau das eingetreten, was Mutti immer vermeiden wollte. Es ist ihr das letzte bisschen Würde genommen worden, was sie noch hat. Hinzu kommt, dass sie kaum noch Kraft hat, gegen diese Krankenhausmaschinerie anzukommen. Bis zu diesem Tag konnte sie immer noch selbst entscheiden, was sie will und was nicht. Jetzt wird in zunehmendem Maße über sie bestimmt, was mit ihr geschehen soll. Die Verzweiflung über dieses Ausgeliefertsein ist ihr anzusehen. „Ich hasse mich! Ich hasse mich", sagt sie immer wieder. „Jetzt müssen die armen Schwestern meinen ganzen Dreck weg machen. Ich schäme mich so." Sie tut mir so leid. Wenige Minuten später kommt die kleine Schwesternschülerin noch einmal herein, um nach Mutti zu sehen. „Ihr könnt mich notschlachten. Ihr seid so fürsorglich mit mir, und ich mache euch nur Dreck und Arbeit. Das tut mir so leid", entschuldigt sich meine Mutter. „Das macht doch nichts", versucht die Schwester sie zu beruhigen. „Das ist doch unser Job." Als die Schwester weg ist, sagt meine Mutter: „Hier sind alle so nett zu mir. Ich meine die Schwestern, nicht den Chefarzt. Der ist ein riesiges Arschloch! Der schaut sich nur *seine* wunderbare Narbe auf meinem Bauch an, ist zufrieden mit sich und seinem Können und verschwindet wieder. Dem könnt ihr später, wenn ich nicht mehr hier bin, meine ungewaschenen Wollsocken mit alten Plätzchen vor seine Haustür stellen. Als ´Dankeschön´. Er wohnt ja zwei Häuser weiter von mir mit seiner Freundin." Mutti hat fabelhafte Ideen. Mit diesem Thema amüsieren wir uns den ganzen Nachmittag. Ich verstehe, dass es jetzt an der Zeit ist, dass wir Töchter in die Pflicht genommen werden, ihr diesen Lebensabschnitt so würdevoll wie möglich zu gestalten. Wir wissen, dass Mutti auf keinen Fall in ein Pflegeheim oder ein Hospiz gehen will. Sie möchte zu Hause sterben - so, wie mein Vater und auch ihr Vater und ihre Mutter. Mit einem dicken Kloß im Hals verabschiede ich mich am späten Nachmittag. „Fang bloß nicht an zu heulen", sagt sie. „Ich habe keine Angst vor dem Sterben." Ich will

ihr das gerne glauben. „Tschüss, mach es gut",
rufe ich ihr noch zu, um dann zu verschwinden. Sie
ruft mich zurück. „Was soll das heißen? Mach es gut!
Was, bitteschön, soll ich denn gut machen?"

Ihre Augen funkeln vor Wut. Sie wird richtig laut.
Oh, damit habe ich nicht gerechnet. Sie hat Recht.
Was soll sie denn gut machen? Wie leichtfertig habe
ich diese Äußerung getan! Es gibt noch andere Sätze,
die sie nicht hören will. Vorne an: Gute
Besserung oder es wird schon wieder, mach dir
keine Sorgen. Meine Mutter möchte, dass wir
uns Gedanken darüber machen, was wir einem
totkranken Menschen wünschen können. In Würde
sterben zu dürfen, die Selbständigkeit so lange wie
möglich bewahren können, respektiert zu werden.
Diese Dinge sind ihr am wichtigsten.

„Weißt du was, ich leihe dir meinen Schutzengel.
Wohlgemerkt leihen, nicht   schenken. Wenn du ihn
nicht mehr brauchst, kommt er wieder zu mir
zurück", schlage ich vor. Dieses Bild gefällt ihr. Sie
nimmt dieses Geschenk gerne an. „Deinen
Schutzengel kann ich gut gebrauchen. Lass ihn nur
hier", sagt sie. Ich gebe ihr mein Versprechen, alles,
was wir von nun an erleben werden,
aufzuschreiben. Das möchte sie so. „Schreib es auf,
wie du es erlebst, wenn ich sterbe. Setze dich mit

84

dem Tod auseinander." Lange vor diesem operativen Eingriff hat meine Mutter alles geplant und besprochen, wie ihre Beerdigung auszusehen habe. Der Text der Todesanzeige ist in ihrem Kopf vorformuliert, die Lieder sind ausgesucht. „Die könnt ihr schon mal üben, damit sie sich schön anhören", sagt sie uns in ihrer humorvollen Art, die auf Außenstehende etwas von schwarzem Humor hat. Wir kennen sie und beteuern ihr, auch brav zu üben. Das Beerdigungsinstitut ist seit Monaten, wenn nicht seit Jahren beauftragt. Wir finden sogar die Adresslisten in einem Ordner, wer eine Anzeige erhalten soll, wenn es soweit ist. In ihrem Krankenzimmer hängen die Anziehsachen, die sie im Sarg anziehen will. „Sieht der orange Pullover mit der braunen Wollhose besser aus, oder soll ich lieber den schönen Hausanzug anziehen, den ihr mir geschenkt habt?" „Der orange Pullover ist sehr gut, vor allem ist er warm und kuschelig. Du frierst doch immer so sehr." Solche Gespräche können wir mit ihr führen, ohne dass es geschmacklos oder pietätslos ist. „Macht bloß kein Gedritz und übertreibt nicht mit teurem Blumenschmuck oder teurem Sarg. Ich mag es am liebsten einfach und solide." So ist sie, unsere Mutter. Ihr Geld gibt sie lieber für Bedürftige aus. Jahrelang kam in regelmäßigen Abständen eine Bettlerin an unsere

Tür, die mit unseren ausgedienten Kleidern, verpackt in großen Tüten, beschenkt wurde. Diese Großzügigkeit ist eine ganz besondere Gabe unserer Mutter. Am Montag ist die OP. Danach kommt meine Mutter auf die Intensivstation. Laut Auskunft der Ärzte ist alles gut verlaufen. Der Tumor ist entfernt worden, es braucht kein künstlicher Ausgang gelegt zu werden. Jedoch ist eine fortgeschrittene Leberzirrhose festgestellt worden. Schon drei Tage nach der Operation wird meine Mutter auf die normale chirurgische Station verlegt. Anfangs hat sie noch Schwierigkeiten, selbständig zu atmen, aber das ist jetzt überstanden. Die Narkose hat ihr dennoch zugesetzt. Sie berichtet uns von Halluzinationen und schrecklichen Erlebnissen zwischen Dämmerzustand und Wachsein. Das Ganze hält mehrere Tage an bis sie sich endlich wieder entspannen kann. Natürlich spricht sie ganz offen mit uns darüber, über ihre Verfolgungsängste. Es ist auch für sie ganz fremd, dass sie solche Ängste hat. Sie ist immer eine furchtlose Frau gewesen, ging immer positiv auf Menschen zu und vertraute ihnen. Das ist jetzt anders. „Was tuscheln die Schwestern da? Was haben die mit mir vor? Hier stimmt etwas nicht. Hier läuft etwas ganz schief." Nichts ist mehr übrig von ihrer Gelassenheit und Zuversicht. Das macht mich ganz traurig. „Na, mein Schutzengel hat wohl keine gute Arbeit geleistet", sage ich. „Oh, doch, das hat er. Lass ihn noch eine Weile hier", bittet sie. Im Stillen denke ich mir aber, dass es vielleicht besser gewesen wäre, wenn sie aus der Narkose nicht mehr erwacht wäre. Das meine ich, wenn ich sage, dass mein Schutzengel Murks gemacht hat. Er hätte sie vielleicht lieber auf dem Weg zum Himmel begleiten sollen. Anscheinend hat Gott andere Pläne. Zum Glück startet kurz nach ihrer Operation der reinste Besucheransturm ihrer vielen, vielen treuen Freunde. Ich habe das Gefühl, als wenn diese Freunde sich untereinander abgesprochen haben, um sich abwechselnd bei Mutti am Krankenbett zu treffen. Für uns Töchter ist dies eine Beruhigung. Zu wissen, dass unsere Mutter in unserer Abwesenheit nicht alleine ist. Mit dem Essen klappt es kaum noch, trinken tut sie viel zu wenig, sodass sie an den Tropf muss. Woche für Woche wird sie immer weniger. „Ich wiege jetzt 62 Kilogramm", begrüßt sie mich eine Woche später. „Na, da hast du mich ja bald eingeholt", scherze ich. Mutti war immer eine stattliche, große Frau mit einem Hang zum Übergewicht gewesen. Auf Süßigkeiten wollte sie nur ungern verzichten. Das ist auch heute noch so. Kurz bevor ich sie besuche, frage ich sie nach eventuellen Essenswünschen.

„Das weißt du doch. Leckerer Kuchen, aber weich muss er sein, damit er besser rutscht. Vielleicht Käsesahne?"Ich bringe ihr Käsesahne mit. Von dem isst sie gerade mal drei Häppchen, dann ist Schluss.

2 Jahre zuvor

Heute feiern wir den Geburtstag meiner Mutter. Sie ist gestern 80 Jahre alt geworden und lädt alle ihre treuen Freunde und die gesamte Verwandtschaft ein, um mit ihr diesen Tag zu feiern. Alle sind gekommen. Der Pastor, Freunde aus der Gemeinde, Kinder, Enkel, Urenkel, Nichten und Neffen. Eine bunt gemischte, lustige Truppe von 30 Personen. Wir treffen uns alle in einem hübschen kleinen Restaurant nicht weit entfernt von ihrem Zuhause. Das Menu hat meine Mutter sorgfältig ausgesucht. Eine Suppe vorweg, Spargel mit Schinken und Kartoffeln als Hauptgericht. Es ist Mai. Spargelsaison. Zwischen den einzelnen Gängen werden teils lustige, teils besinnliche Reden gehalten. Mutti genießt das. Es ist Tradition, dass in unserer Familie Geburtstage und andere Feste immer gebührend gefeiert werden. Jeder trägt zum Gelingen eines solchen Festes etwas bei. Die einen bringen etwas zum Essen mit, andere halten eine Rede, oder es wird musiziert und gesungen. Seit dem frühen Morgen regnet es in Strömen. An einen ausgiebigen Spaziergang nach dem Essen, so wie wir es immer machen, ist kein Denken. Also fahren wir in Kolonne zu uns nach Hause, um den Rest des Tages in Familie zu feiern. Wir machen es uns gemütlich. Die ersten Schuhe landen in der Ecke, die Kinder spielen auf dem Teppich, die ältere Generation legt die Beine hoch oder macht ein Nickerchen. Jeder ist zufrieden. Es wird erzählt und gelacht. Eine tolle Familie. Mutti hat sich nach ihrem Mittagsschlaf wieder ein wenig vom turbulenten Vormittag erholt. Sie freut sich, dass wir schon gemeinsam den Kaffeetisch gedeckt haben und der Kuchen auf dem Tisch steht. Sie braucht sich um nichts zu kümmern. So wollen wir Kinder das. Als es am Abend ans Verabschieden geht, schenkt sie jedem ihrer Enkel und ihrer Töchter ein kleines Buch. „Ich möchte euch eine kleine Freude machen. Wenn ihr wollt, dann lest dieses Buch. Ich finde es großartig. Bin gespannt, wie ihr es findet." Im Auto auf der Fahrt nach Hause mutmaßen meine Kinder bereits, dass dieses Geschenk etwas zu bedeuten habe. Sie haben Recht. Das Buch heißt ́Dienstags bei Morrie ́ von Mitch Albom und handelt von einem kranken Professor, der weiß, dass er nicht mehr lange zu leben hat, und der jeden Dienstag Besuch von einem Studenten bekommt, der ihn auf seinem letzten Lebensabschnitt begleitet bis zum Tod. Im Nachhinein weiß ich, dass meine Mutter uns allen dieses Buch mit einer Absicht geschenkt hat. Auch sie wünscht sich so ein Abschiednehmen ohne Angst und mit vollem Bewusstsein, dass Gott dies so gewollt hat. Meine Mutter möchte, dass wir uns alle zu Lebzeiten mit dem Thema Tod und Sterben auseinandersetzen. Ohne Angst. Man kann mit ihr über alles reden. Das ist das Schöne.

Heute ist der 1.Advent. Ich habe eine große Kerze und einen Kassettenrecorder mitgebracht mit ein paar CDs. Schließlich möchte ich ein wenig Adventsstimmung in das Krankenzimmer bringen. Wie gerne hört Mutti klassische Musik. Den Fernseher hat sie noch nicht einmal angemacht, seit sie ins Krankenhaus gekommen ist. Zu Hause hat sie in den letzten Wochen schon nachmittags vor dem Fernseher gesessen und interessante Berichte und Filme geschaut. Allerdings hat sie nie diese Doku-Soaps geguckt. Die waren ihr zu dämlich. Vertane Zeit. „Ich brauche gar nicht in diese Länder zu reisen. Ich gucke mir lieber alles vom Bildschirm aus an, wie die Menschen leben". Ich habe wohl die Reiselust meines Vaters geerbt. Denn ich fahre gerne in fremde Länder und interessiere mich für die unterschiedlichen Kulturen. Geräusche und Gerüche kann ein Fernseher nicht übermitteln. Ich überlege mir häufig, warum Mutti so gar nichts mehr wissen will, was in der Welt geschieht. Keine Nachrichten, keine Tageszeitung. Ihre Konzentration bei Gesprächen hält auch nur noch für eine kurze Zeit an, dann schweifen ihre Gedanken ab. In der vierten Woche nach Muttis OP wollen die Ärzte sie entlassen. Wir Kinder haben diesen Termin so lange wie möglich hinausgeschoben, weil auf der Palliativstation im Krankenhaus noch kein Bett frei war. Jetzt ist es soweit. Es ist der 2.Weihnachtstag. Da erhalten wir die Nachricht, dass Mutti am folgenden Tag verlegt werden kann. Diese Lösung, meine Mutter auf einer Palliativstation unterzubringen, ist eine Übergangslösung. Noch ist unsere Mutter zu schwach, um nach Hause zu können, bzw. sie benötigt eine Rundumversorgung. Das können wir zu Hause noch nicht gewährleisten. Die Verlegung mit einem Krankentransport ist furchtbar anstrengend für meine Mutter. Sie kommt völlig durchgefroren und durchgeschüttelt an. Im Krankenzimmer wartet bereits meine Schwester, die Mutti in Empfang nimmt und ihr das Zimmer ein wenig wohnlich einrichtet. Die Schwestern und auch der Stationsarzt sind ganz reizend und fürsorglich. Hier geht alles ein wenig langsamer und entspannter zu als auf der chirurgischen Station. Da musste alles ruck zuck gehen mit waschen und essen. Hier kann Mutti selber entscheiden, was sie essen will, wie viel sie essen will oder ob sie gar nichts haben möchte. Ihre Wünsche werden akzeptiert und erfüllt. Das Mistrauen gegenüber dem Pflegepersonal und den Ärzten bleibt bestehen. „Die tuscheln alle hinter meinem Rücken. Was haben die vor mit mir?" Diese schlechten Gedanken hatte Mutti bislang nie. In zunehmendem Maße erzählt sie von Friedhelm, ihrem vor Jahren verstorbenen Ehemann. „Friedhelm hat auch hier auf der Station gelegen. Er musste doch dreimal in der Woche zur Dialyse. Warum bin ich denn jetzt hier?" Mit viel Geduld höre ich mir ihre Geschichten an, beantworte zum x-ten Mal ihre gleichen Fragen. Mal ist Mutti ganz klar in ihren Gedanken, dann wieder hört sie mitten im Satz auf und findet nicht mehr den roten Faden. Es hilft dann auch nichts, wenn ich ihr auf die Sprünge helfen will. Im Gegenteil, dann wird sie ganz fuchtig. „Unterbrich mich nicht. Ich war noch nicht fertig!" Von Tag zu Tag wird sie schwächer. Sie schläft sehr viel. Uns Kindern gibt sie aber immer das Gefühl, dass sie sich freut, wenn wir kommen. Mutti wird in zunehmendem Maße schmusig. In ihrem ganzen Leben war sie immer etwas spröde. Ich erinnere mich nur an sehr wenige richtige

Kuschelmomente mit ihr. Vielleicht hatte sie von ihrem Vater diese preußische Disziplin und Unnahbarkeit geerbt?! Jetzt ist es anders. Wir rücken immer näher zusammen, gedanklich wie auch körperlich. Sie hat sich nie nackt vor uns Kindern gezeigt. Jetzt dürfen wir sogar ihren Rücken einreiben und sie massieren, ohne dass sie sich geniert. Vier Tage, nachdem Mutti auf die Palliativstation verlegt worden ist, feiern wir den letzten Tag des Jahres. Es ist Silvester. Heute begnüge ich mich mit einem Anruf bei meiner Mutter, da ich meinen Geburtstag mit meinen Kindern, meiner Schwester und meinem Schwager zu Hause feiern möchte. Ich rufe auf der Station an, weil Mutti nicht mehr den Telefonhörer abnehmen kann. Sie ist zu schwach geworden. Ich muss unwillkürlich daran denken, dass ganz bald der Tag kommen wird, an dem ich Mutti gar nicht mehr sprechen kann. Das macht mich ganz traurig. Endlich habe ich sie am anderen Ende der Leitung. „Hallo Mutti, wie geht es dir"? Pause. „Weißt du, was wir heute für einen Tag haben?" „Du wirst es mir gleich sagen", flüstert sie. Ihre Stimme ist so schwach, dass ich ihr anhöre, wie kraftlos sie geworden ist. „Heute ist Silvester. Ich habe heute Geburtstag. Wenn du willst, dann darfst du mir jetzt gratulieren", sage ich.

„Oh, herzlichen Glückwunsch", flüstert sie. Mehr kann sie nicht sagen. Ich lege auf und verspreche ihr aber, am nächsten Tag zu kommen. Mittlerweile geht es meiner Mutter so schlecht, dass sie für die Schwestern pflegeleichter wird. Bislang wurde sie jeden Tag geduscht oder gebadet. Auch zur Toilette wurde sie gebracht. Das ist jetzt nicht mehr möglich. Sie bekommt keine Medikamente. Hin und wieder wird ihr Flüssigkeit über einen Tropf verabreicht, damit ihre Nieren sich nicht entzünden. Eine Blasenentzündung hatte sie erst vor wenigen Tagen. Schmerzen hat sie zum Glück keine. Das sagt sie jedenfalls. Ich muss ihr das glauben. Was uns Kindern auffällt, ist, dass unsere Mutter sehr viel frischer und konzentrierter ist, wenn sie am Tropf mit der Kochsalzlösung hängt. Das sind dann die Augenblicke, in denen wir das Gefühl haben, Mutti könne doch noch einige Monate leben. Sie erkennt uns und ihre Freunde, weiß sogar von vergangenen gemeinsamen Erlebnissen zu erzählen und scherzt mit den Schwestern. Ich glaube, Mutti hat sich das Sterben leichter vorgestellt, als es ist. Ich habe das Gefühl, als wenn sie langsam ungeduldig wird. Sie wartet förmlich auf den Tod, aber der lässt auf sich warten. „Vielleicht möchte der liebe Gott, dass du noch dein nächstes Urenkelkind kennen lernst. Noch vier Wochen, dann ist es so weit",

94

versuche ich sie zu überreden. „Wie ich dich kenne, fällt dir danach bestimmt wieder etwas anderes ein, warum ich noch länger leben soll, oder?" „Kann sein", scherze ich. An diesem Tag bin ich seit 9 Uhr bei ihr. Mutti erwartet heute eine Freundin aus Jugendzeiten. Wie sehr sie sich auf sie gefreut hat sehe ich, als ihre Freundin kommt. Die beiden strahlen über das ganze Gesicht und nehmen sich fest in die Arme. Weil ich die beiden alleine lassen möchte, verabschiede ich mich für heute. Der behandelnde Arzt respektiert Muttis Entscheidung, aus medizinischer Sicht nichts mehr bei ihr zu unternehmen, was ihr Leben unnötig verlängert. Sie hat mit ihrem Leben abgeschlossen. Sie ist zufrieden mit ihrem Leben, wie es verlaufen ist. Eine große Dankbarkeit macht sich breit. Immer und immer wieder versichert sie uns Kindern wie wichtig wir ihr sind und wie glücklich sie ist, dass es uns gibt. Das ist schön! Das neue Jahr hat gerade begonnen, da teilt uns der Stationsarzt Dr. Lemm mit, dass er unsere Mutter in vier Tagen entlassen würde. Heute ist Montag. Wir sollen eine passende Lösung finden. Am Freitag brauche er das Bett. Damit haben wir nicht gerechnet! Ich dachte immer, dass man auf einer Palliativstation so lange bleiben kann, wie es geht. Denkste! Also bleibt uns Kindern nicht mehr viel Zeit. Die Schwestern beruhigen uns.

„Ihre Mutter kann mit Sicherheit nach Hause. Wenn Sie einen ambulanten Pflegedienst engagieren und eine 24-Stundenkraft ins Haus holen, wird es funktionieren. Ihre Mutter ist sehr pflegeleicht." Natürlich haben wir Geschwister das alles schon einmal durchgedacht. Aber jetzt müssen wir uns daran setzen, es in die Tat umzusetzen. Ich rufe eine Pflegeagentur an, die ich im Internet gefunden habe. Diese Agentur hat den Hauptsitz in Essen. Eine sehr freundliche Stimme meldet sich und hört sich meine Schilderung an. Eine Pflegekraft werde gebraucht, am besten sofort, sie müsse nicht deutsch sprechen, nein, aber ja, sie könne im Haus meiner Mutter wohnen, etc.. Innerhalb eines Tages wird mir ein Vorschlag unterbreitet. „Eine polnische Frau, 50 Jahre alt, ausgebildete Krankenschwester, kann zu Ihnen kommen." Wunderbar! Und auf dem Bild sieht diese Frau auch noch sehr sympathisch aus. Wir zeigen meiner Mutter das Foto. Schließlich muss meiner Mutter diese Pflegerin gefallen. „Die sieht nett aus", ist ihr Kommentar. Also sagen wir zu. Der Vertrag wird mit der Agentur gemacht. Dann geht alles an die polnische Agentur. Ein ständiges hin und her mit Anrufen, Unterschriften leisten, einmal für den Pflegevermittlungsvertrag und ein anderes Mal für den Dienstleistungsvertrag. Zum Glück ist die polnische Agentur sehr flexibel und kooperativ, so

96

dass bereits am Mittwoch feststeht: am Samstag kommt Janina in Duisburg an! Ich glaube, da haben alle unsere Schutzengel mitgeholfen. Mutti wird Augen machen. Sie weiß noch nichts von ihrem Glück. „Hallo Mutti, ich habe eine tolle Neuigkeit für dich." Mutti blinzelt mit einem Auge und muss erst einmal wach werden. „Du kommst am Freitag nach Hause. Für immer!" Jetzt schaut sie mich ganz ungläubig an und weiß nicht so recht, ob sie sich freuen soll. Ich glaube, sie hat Angst davor, nach Hause zu kommen. Die Gedanken rotieren in ihrem Kopf, man kann es ihr ansehen. Wie wird das funktionieren? Kein Arzt in der Nähe, kein roter Knopf, den man im Notfall drücken kann, angewiesen auf Unterstützung beim Essen und dem Toilettengang. Mutti kann es nicht glauben, dass wir dies umsetzen wollen. Nur mit Mühe kann ich sie beruhigen. „Es ist alles organisiert. Morgens und abends kommt ein ambulanter Pflegedienst von der Caritas ins Haus, der dir beim Waschen und Anziehen hilft. Ansonsten ist Janina da, die für dich einkauft, den Haushalt macht und dich bekocht. Dein Hausarzt wird Hausbesuche machen, er weiß Bescheid." Langsam weicht die Anspannung aus Muttis Körper und macht einer zögerlichen Vorfreude Platz. „Ist das wirklich wahr?" „So wahr, wie das Amen in der Kirche", schwöre ich. „Freust du dich?" „So eine

97

blöde Frage! Natürlich freue ich mich." Dann ist es soweit. Der Krankentransport wird bestellt. Zu Hause ist alles vorbereitet. Ein Krankenbett wird geliefert, ein Toilettenstuhl ebenfalls. Der Kühlschrank ist reichlich gefüllt, damit für Janina, die am Samstag anreist, genug im Haus ist. Das Schlafzimmer in der ersten Etage ist wohnlich und gemütlich für unsere Pflegekraft eingerichtet. Hier kann sie sich wohlfühlen. Sogar einen Internetanschluss haben wir installieren lassen, damit Janina mit ihren Kindern und Mann kommunizieren kann. Meine Schwestern stehen mit der Schwester des ambulanten Pflegedienstes in den Startlöchern, um unsere Mutter in Empfang zu nehmen. Endlich fährt der Krankentransport in die Einfahrt. Diesmal ist die Fahrt nicht ganz so schlimm gewesen. Der Fahrer ist sehr viel behutsamer gefahren, und das Auto ist gut geheizt gewesen. Was für eine Freude. Als Mutti in ihrem Bett liegt, kann sie ihre Tränen nicht mehr zurückhalten. Ihr fehlen die Worte. Nach sieben Wochen Krankenhausaufenthalt ist sie wieder zu Hause. Für immer. Und trotzdem- neben ihrer Freude ist ein ungutes Gefühl da, ein Misstrauen gegenüber den fremden Personen, die sie jetzt pflegen sollen. Im Vorfeld hat meine Mutter schon mitbekommen, dass der ambulante Krankendienst von der Caritas ist.

Caritas. Katholisch. Ein Verrat an der evangelischen Kirche? Mutti hat ein schlechtes Gewissen, schließlich werden solche Dienste auch von der Diakonie angeboten. Sie muss es schlucken, denn der Vertrag ist mit der Caritas und meiner Schwester unterschrieben. Ich habe nur ganz selten in meinem Leben mitbekommen, dass M u t t i jemanden nicht leiden kann und ihn das auch spüren lässt. „Die Caritas-Elstern - so nennt sie diese Schwestern- brauche ich nicht. Ich habe keine Lust, dass die mich ausziehen und mir den nackten Hintern waschen und abputzen." Und so behandelt sie dann auch diese Frauen. Kein nettes Wort, sondern bestenfalls Schweigen oder Murren. Sie macht sich extra steif, damit die Schwestern alle Mühe haben, sie aus dem Bett zu kriegen. Kaum zu glauben, wie nickelig und trotzig sie ist! Mit Janina ist das anders. Als sie am nächsten Tag ankommt, sind Mutti und sie auf Anhieb ein Herz und eine Seele. Wie schön! Janina ist ein Schatz, ein Engel, der für Mutti kocht, singt, sie massiert und Vokabeln abfragt. Sie möchte besser deutsch sprechen, also darf Mutti mit ihr üben. Umgekehrt lernt Mutti ein polnisches Wiegenlied singen. Ach, was tut das gut, die beiden so liebevoll miteinander zu sehen. Janina kocht Kakao, macht leckere Gemüsesuppen und füttert Mutti. Wir drei Schwestern wechseln uns mit unseren Besuchen ab. Wer weiß, wie lange wir noch mit unserer Mutter Zeit verbringen können. Von Tag zu Tag wird sie schwächer und müder. Telefonieren können wir nicht mehr mit ihr. Janina fängt alle Telefongespräche ab. „Oma, nix gut. Oma schläft." Die Fürsorge, die Janina an den Tag legt, ist bewundernswert. Jedoch fällt uns auf, dass sie es hin und wieder zu gut meint. Ein Beispiel: meine Mutter lässt sich gerne den Rücken und die Beine massieren, also fordert sie Janina auf, dies zu tun. „Ich will massiert werden!" Genau in dem Befehlston. Aber auf dem Ohr ist Janina taub. „Erst Suppe essen, dann Massage!" kontert sie. Da ist nichts zu machen. Janina ist die Stärkere. Das ist genau das, was meine Mutter bis dato nicht kannte, dass ihr jemand nur für eine Gegenleistung einen Wunsch erfüllt. Erpressung nennt man das. Also würgt sie die ersten Löffel Suppe hinunter. „Noch fünf", sagt Janina, „dann Massage!" Oje. Arme Mutti! Ich sehe, wie sie das Essen runter würgt und fast erbrechen muss. Da greife ich ein. „Janina, bitte, wenn Oma nicht essen will, dann muss sie es auch nicht." Langsam versteht Janina, dass es besser ist, wenn sie ihr das Essen nicht rein zwingt. Ich verspreche meiner Mutter, dass so etwas nicht wieder passieren wird. Aber zu meinem Erstaunen sagt sie: „Auf Janina lasse ich nichts kommen.

100

Janina mag ich, sie ist so lieb zu mir." Von nun an kocht Janina nur noch Kakao oder Tee und flößt meiner Mutter ein paar Tropfen ein. Danach wird Mutti massiert. Janina summt dabei ein polnisches Wiegenlied und reibt meine Mutter im Takt dazu ein. Mutti genießt es, ich merke es ihr an.

Die lieben Freunde und Bekannten aus der Umgebung setzen ihre Besuche fort. Es gibt nur wenige Ausnahmen, die Mutti nicht sehen möchte. Janina fängt diese Besucher dann an der Haustür ab und schickt sie wieder weg. „Oma nix gut. Später wiederkommen." Nur die Caritas-Elstern, die muss sie durchlassen.

Vierzehn Tage ist Janina jetzt bei ihr. Meine Schwester ist seit drei Tagen ununterbrochen bei meiner Mutter, weil sie merkt, dass unsere Mutter nicht mehr lange leben wird. Da ich an diesem Samstag Frühdienst habe, komme ich im Anschluss daran nach Hause. Als ich in die Einfahrt einbiege, steht dort neben dem Auto meiner Schwester auch noch der Wagen meines Schwagers. Mir ist sofort klar, was das bedeutet. Ich schließe die Haustür auf, und sofort kommt meine Schwester zu mir, nimmt mich in die Arme und sagt: „Du kommst leider zu spät. Mutti ist vor einer halben Stunde gestorben. Sie hätte dich aber sowieso nicht mehr erkennen

101

können, weil sie seit zwei Tagen aus dem Tiefschlaf nicht mehr wach geworden ist." Auch sie und ihr Mann waren nicht dabei, als sie starb. Sie waren gerade eine halbe Stunde spazieren, als Mutti den letzten Atemzug machte. Vielleicht wollte Mutti das so. Janina rief bei meiner älteren Schwester an. „Oma kaputt. Oma nix mehr leben, Oma kaputt", waren ihre Worte.

Ich habe seit langer Zeit gewusst, dass dieser Tag kommen wird. Nun ist er da, und ich bin verzweifelt und unendlich traurig. Die Tränen laufen mir übers Gesicht. Ich gehe zu meiner Mutter. Sie liegt im Wohnzimmer in ihrem Bett, die Haare schneeweiß, der Mund halb geöffnet, und nichts regt sich mehr. Sie hat einen ganz entspannten Gesichtsausdruck, keine gekräuselten Falten auf der Stirn, sie schaut ganz friedlich aus. Ich streichele ihre Hände, ihre schönen, langen Finger, die ich immer gemocht habe, berühre ihre Wange und kann sie immer nur ansehen und weinen. Noch fühlt sie sich ganz warm an. Auch meine Schwester und mein Schwager stehen mit mir an ihrem Bett. Die beiden haben bereits den Hausarzt, den Bestatter und unseren Pastor informiert. Wir haben noch genug Zeit, uns in Ruhe von Mutti zu verabschieden. Bis zum Eintreffen des Pastors sind es noch zwei

Stunden. Unser Vetter mit seiner Frau ist auf dem Weg zu uns. Die beiden wollten ihre Tante an diesem Samstag besuchen. Sie wissen noch nicht, dass sie gestorben ist. Als es an der Tür klingelt, stehen sie vor uns und können gar nicht glauben, dass ihre Tante nicht mehr lebt. Unser Vetter hat uns während der Zeit als Mutti im Krankenhaus lag geholfen, einen Platz auf der Palliativstation zu bekommen. Als Arzt hatte er guten Kontakt zum Stationsarzt. Jetzt sitzen wir alle am großen Tisch im Esszimmer, in Sichtweite zu unserer Mutter, und unterhalten uns über die letzten Wochen. Natürlich haben wir auch Anekdoten zu erzählen, und langsam entweicht diese Schockstarre aus mir und macht einer Gelassenheit und inneren Ruhe Platz. Ich warte förmlich darauf, dass irgendein Kommentar aus dem Bett zugerufen wird. Mutti hätte nie den Mund halten können, wenn sie uns reden gehört hat. Aber es bleibt still. Das ist unheimlich - fremd - traurig. Ich schaue zu ihr rüber. Ob sie mitbekommt, dass wir hier alle sitzen und über sie reden und auch die Beerdigung planen? Ich glaube schon. Sie hätte es auf jeden Fall so gewollt. Sie hätte gewollt, dass wir über alles ganz offen reden, dass wir auch lachen und weinen und stolz sein können, dass sie zu Hause sterben konnte. Es fühlt sich für mich ganz natürlich an, dass sie

103

neben uns liegt. Sie ist nicht alleine, sie ist mitten unter uns. Wir beziehen sie ein in unsere Gespräche und Gedanken. Kurz nachdem mein Vetter mit Frau wieder weg sind, kommt unser Pastor, Harald. Ich sehe ihm an, wie traurig er ist, dass unsere Mutter gestorben ist. Ich glaube, die beiden hatten eine ganz besondere Beziehung zueinander. Mutti hat oft mit uns darüber gesprochen, wie offen und intensiv die Gespräche mit ihm waren. Auch er kennt alle unseren Geschichten und Lebenswege. Mutti hat alles mit jedem besprochen. So war sie. Zu allen Themen hatte sie einen Kommentar abzugeben. Immer interessiert an unserem Leben. Harald schlägt uns vor, am Bett unserer Mutter ein Gebet zu sprechen und gemeinsam von ihr Abschied zu nehmen. Er streichelt ihr über die Wange, nimmt ihre Hände und verweilt ein paar Minuten in Stille. Dann kommen tröstende, dankende Worte, die gut tun, die ich in diesem Moment nicht gefunden hätte. Mir fehlen die Worte. Aber Harald findet sie. Es ist ein schöner Abschied, ein friedlicher. Es ist still im Wohnzimmer. Wir wissen, dass wir sie bald nie mehr wiedersehen werden. Noch eine, vielleicht zwei Stunden, bleibt uns Zeit mit ihr, dann wird sie abgeholt vom Bestatter. Wir möchten das so. Und es ist gut so. Janina ist noch bei uns. Sie hat sich in ihr

Zimmer zurückgezogen, aber immer, wenn es an der Tür klingelt, ist sie da und öffnet. Wie immer hat sie selbstgebackenen Kuchen in der Küche stehen. Den dürfen, nein, den müssen wir jetzt essen. Sie meint es so gut. Auch zu uns ist sie sehr liebevoll. Mir fällt auf, wie interessiert Janina das Treiben des Pastors beobachtet. Als Harald wieder weg ist fragt sie uns: „Wie viel kosten Pastor?" „Der Pastor kostet nichts. Wir müssen ihn nicht bezahlen." „In Polen alles Verbrecher, nehmen alles Geld weg, sehr teuer, stecken alles in Tasche." Mit dem Deutsch hapert es sehr, aber wir verstehen sie. Es ist teilweise sehr lustig mit ihr. Janina will aber lernen, es gefällt ihr in Deutschland.

„Nix Arzt rufen. Ich bin da. Ich mache." In Polen läuft es wahrscheinlich anders bei einem Todesfall. Als am späten Nachmittag der Hausarzt kommt, um den Totenschein auszustellen, kann Janina ihre Neugier kaum zügeln. Schließlich ist sie Krankenschwester. Da darf sie auch durch die Gardine lünkern und dem Arzt bei der Arbeit zusehen. Wir sitzen bei zugezogener Gardine im Esszimmer und lassen ihn allein. Janina beobachtet ihn durch die Lücke. Wahrscheinlich fühlt sie sich unserer Mutter gegenüber noch immer verpflichtet und passt auf sie auf. Ihre Arbeit nimmt sie sehr ernst. Hinter dem Vorhang hören wir, wie der

105

Arztkoffer geöffnet wird, wie der Arzt Tests macht, ob Mutti wirklich tot ist. Hin und wieder hört man das Rascheln der Bettdecke, ansonsten ist es sehr still. Erst als alle Tests gemacht sind, kann er den Totenschein ausstellen. Der Hausarzt lässt sich nach getaner Arbeit noch bei uns nieder und sagt uns, dass unsere Mutter so glücklich gewesen sei, dass sie zu Hause sterben durfte. Mir tun seine Worte gut. Mittlerweile ist es sieben Uhr abends. Vor sechs Stunden ist Mutti gestorben. Von Stunde zu Stunde verändert sich ihr Äußeres. Sie wird uns immer fremder. Die Gesichtszüge verhärten sich, sehen aus wie Wachs. Meine Schwester und ich haben beide das gleiche Gefühl, dass uns unsere Mutter richtig fremd geworden ist in den paar Stunden. Deshalb möchten wir auch, dass sie noch am Abend zum Beerdigungsinstitut gebracht wird. Ich hätte auch nicht im selben Zimmer mit Mutti schlafen können. Der Bestatter ist pünktlich mit seinem Wagen vorgefahren. Janina lässt es sich nicht nehmen und hilft ihm, unsere Mutter fertig zu machen für den Transport zur Leichenhalle. Alle arbeiten sehr professionell und ruhig. Wir ziehen uns zurück. Helfen können und wollen wir in diesem Moment nicht. „Soll Ihre Mutter die Sachen anbehalten? Wie ist es mit Schuhen? Möchten Sie, dass sie Schuhe im Sarg trägt?" Was für Fragen! Ich habe bis jetzt nicht drüber nachgedacht. Wir entscheiden, dass Schuhe unnötig sind. Zehn Minuten später meldet sich der Bestatter und sagt uns, dass er fertig sei. Janina hat inzwischen das Bett, in dem Mutti gelegen hat, neu bezogen und die dreckige Wäsche in die Waschküche gebracht. Danach lüftet sie das Zimmer ordentlich durch. Es ist wohl nicht das erste mal, dass sie solche Dinge erledigt, denke ich mir. Wir verabreden mit dem Bestatter einen Termin für den nächsten Morgen. Dann wollen wir alle Dinge klären, die für die Beerdigung nötig sind. Unserer älteren Schwester geben wir Bescheid. Wir möchten, dass auch sie diese Dinge mit uns zusammen entscheidet. Die Tür ist zugefallen, wir sind allein. Was für ein seltsames Gefühl. Ich werde meine Mutter nie mehr wiedersehen. Um uns abzulenken, richten wir das Abendessen her. Mit Janina, für die wir uns jetzt verantwortlich fühlen, decken wir den Tisch und essen belegte Brote. Was wird jetzt aus Janina? Sie hat ja eine Aufenthaltsgenehmigung für zwei Monate. Jetzt sind gerade zwei Wochen vorbei. „Ich haben Agentura angerufen. Ich soll nach Hause fahren", sagt sie uns. „Ich brauchen Geld für Bus." Und dann erzählt sie halb auf polnisch, halb auf deutsch Dinge, die wir nicht verstehen, da wir ihre Sprache nicht sprechen. In meiner Not rufe ich die

Mutter von Paul an, Freund meiner Tochter, die kann fließend polnisch reden. Endlich kann alles übersetzt werden. Heute ist Samstag. Am Mittwoch fährt ein Bus nach Polen. Ein Fernreisebus, der ab Duisburg Hauptbahnhof fährt. Wir brauchen nichts zu bezahlen. Alles ist mit dem Vertrag geregelt und erledigt. Nach einem ereignisreichen Tag gehen wir alle früh schlafen. Ich habe mir ein Bett auf dem Sofa gemacht. Aber schlafen kann ich nicht. Immer muss ich an Mutti denken. Vorhin lag sie noch im Bett nebenan. Jetzt ist sie tot.

Ich bin froh, als es draußen anfängt, zu dämmern. Auch in der oberen Etage höre ich, wie die anderen wach werden und aufstehen. Es hat wohl keiner schlafen können. Janina hilft uns beim Kaffeekochen. Das Frühstück lässt uns wieder zu Kräften kommen. Um neun Uhr steht Herr Knopf vor der Tür, der Bestatter. Auch unsere ältere Schwester ist gekommen. Gemeinsam besprechen wir die Einzelheiten der Beerdigung. „Ein schlichter Sarg soll es sein, das wollte unsere Mutter so. Und keine großen Kränze. Sie wollte, dass Geld gespendet wird für einen guten Zweck." Der Bestatter holt einen Katalog hervor, in dem verschiedene Modelle von Särgen abgebildet sind. Die preiswerten Modelle kosten ab 2600 Euro, die teuren schauen wir uns erst gar nicht an. Traueranzeigen und

Einladungskarten werden entworfen. Aber damit haben wir keine Arbeit. Mutti hat uns ja schon vor langer Zeit gesagt, wie die Anzeige aussehen soll und wer eine bekommen soll. Wir einigen uns auf Freitag, den 1.Februar. An diesem Tag soll die Beerdigung sein. Das Bestattungsinstitut übernimmt die Abmeldungen beim Standesamt und bei den Versicherungen.

Noch am gleichen Tag schreiben wir die Adressen auf die Umschläge, damit die Trauerkarten am Montag nach dem Druck mit der Post verschickt werden können. Gegen Mittag verabschieden wir uns. Alles ist für den Moment geregelt. Hier können wir vorerst nichts mehr tun. Der Rest lässt sich von zu Hause aus organisieren.

Der Tag beginnt mit einem scheußlichen Schneeregen. Es ist ein Wetter, das auf die Stimmung drückt. Auf der Fahrt zum Friedhof wird wenig gesprochen. Alle sind in Gedanken. Die kleine Friedhofskapelle ist gefüllt mit Trauergästen. Kinder, Enkel, Urenkel, Nichten, Neffen und entfernte Verwandte wollen Abschied nehmen. Wir haben, Muttis Wunsch entsprechend, die Beerdigung so geplant wie die von meinem Vater. Erst die Beisetzung auf dem Friedhof im Kreis der Familie, anschließend ein Trauergottesdienst in der kleinen Kirche am Ort mit anschließendem Kaffeetrinken im

Gemeindehaus. Unsere Mutter hatte einen großen Freundes- und Bekanntenkreis. Wir wollten allen diesen treuen Freunden die Gelegenheit geben, mit uns gemeinsam an ihrem Wohnort Abschied zu nehmen. Harald, unser Pastor, kennt viele der Trauergäste aus der Gemeinde. Da ich mit meinen Kindern in der ersten Reihe in der Kirche sitze, sehe ich nicht wie viele Menschen hinter mir versammelt sind. Meine Schwester hat sich vorgenommen, während der Feier die Orgel zu spielen. Wie so oft, reagiere ich sehr emotional auf klassische Musik. Mir laufen schon bei den ersten Klängen die Tränen übers Gesicht. Ich glaube, es geht vielen so. Immer wieder höre ich ein Schluchzen oder Naseputzen hinter mir. Und Harald, der hält eine Predigt, so schön, wie ich selten eine gehört habe. So persönlich, so liebevoll und so humorvoll. Es ist wunderbar. Wie gut er doch unsere Mutter gekannt hat, denke ich. Und wie gut er die Familie kennt! Er erzählt in der Predigt so intime Dinge, dass ich mich wundere, wie Mutti dazu kam, ihm so private Sachen zu erzählen. Aber dann denke ich darüber nach. Mutti war so offen, so redselig und unbedarft. Sie hat selten ein Blatt vor den Mund genommen. Sie hat sich gerne eingemischt, war nie nachtragend und brauchte die zwischenmenschlichen Beziehungen. Ihre Freundschaften hat sie immer sehr ernst

110

genommen und gepflegt. In dieser Beziehung ist sie mir ein großes Vorbild. Freundschaften müssen gepflegt werden, sonst halten sie nicht. Das waren ihre Worte, und damit hat sie Recht. Als das letzte Orgelspiel verklungen ist, erheben wir uns von den Plätzen, um in das benachbarte Gemeindehaus zu laufen. Und da sehe ich erst wie voll die Kirche gewesen ist. Viele Gesichter habe ich noch nie gesehen, andere erkenne ich als Kegelfreunde noch aus Zeiten, als unser Vater noch gelebt hat. Wie schön, so viele Freunde meiner Mutter zu sehen. Der Bibelkreis, die Frauenhilfe alle sind gekommen. Im Gemeindehaus begrüße ich alle, die gekommen sind. Viele kenne ich nur dem Namen nach. Diese Frauen sind deutlich älter als meine Mutter. Es beeindruckt mich, dass sie sich die Mühe gemacht haben, bei diesem Wetter die Strapazen auf sich zu nehmen und von weit her anzureisen. Ich habe große Hochachtung vor ihnen. Harald übernimmt ganz selbstverständlich die Gastgeberrolle. Wir haben nichts dagegen. Im Gegenteil, er macht das ganz großartig und überbrückt damit unsere Scheu, auf die vielen Fremden zuzugehen. Er kennt die Frauen aus der Gemeinde alle. Nachdem der erste Kaffee getrunken ist, macht Harald den Vorschlag, dass jeder eine Geschichte erzählen soll, die ihn mit meiner Mutter verbindet. Es dürfe auch ruhig etwas

Amüsantes sein und gelacht werden. Da hätte meine Mutter nichts dagegen gehabt. Im Gegenteil. Vor dieser Veranstaltung haben meine Schwester, Schwager und ich ausgemacht, dass keiner eine Rede halten müsse. Umso mehr bin ich jetzt erstaunt, als sich die alte Freundin meiner Mutter, 92 Jahre alt, als erste meldet und eine gut vorbereitete Rede hält. Sie erzählt aus dem Leben mit meiner Mutter, aus ihrer gemeinsamen Jugendzeit beim MBK, aus der Kriegszeit in dem zerbombten Duisburg und dass sie sich nie aus den Augen verloren haben. Und sie kennt all die Namen aus unserer Familie. Nur fehlen ihr die Gesichter zu den Namen. „Wer ist denn Anika?" fragt sie. Anika, die Enkelin, meldet sich. Ach, was diese Frau alles über sie weiß ! Es ist köstlich. „Und wer ist Stefan?" Mein Sohn meldet sich. „Wann kommt denn euer Baby?" will sie wissen. Eine unglaubliche Stimmung herrscht mittlerweile in diesen vier Wänden. Ich habe das Gefühl, jeder kennt jeden, nur weiß keiner wie der andere aussieht. Es ist zum Schieflachen. So eine Vertrautheit. Bei allen! Wieder ruft jemand: „ Wer ist denn Irmela und wer Ulrike?" Wir beiden stehen auf und stellen uns vor. Dann trauen wir uns. „Wie ist denn Ihr Name?" Bei der Antwort wissen wir direkt, wen wir vor uns haben. So etwas habe ich noch nicht erlebt! Es ist großartig, einfach phantastisch! Mittlerweile sind die Freunde meiner Mutter dazu übergegangen, uns zu duzen. „Ich darf doch DU sagen, oder?" Natürlich. Sie kennen uns doch bis ins Kleinste. Wenn das Mutti sehen würde, sie hätte ihren Spaß daran. Wie reich und vielfältig ihr Leben doch gewesen ist, das fällt mir erst jetzt so richtig auf. Dann hält wieder jemand eine Rede, dann der nächste. Keiner scheut sich, etwas zu sagen. Mutti hat uns immer davon berichtet, wie viel Zeit sie investiert hat in die Frauenarbeit in der Gemeinde. Zum ersten Mal in ihrem Leben haben die Frauen gelernt, Dinge zu benennen, die ihnen wichtig sind, haben gelernt zu reden über Dinge, die sie verändern wollen. Das kann ich jetzt merken. Sie werden unsere Mutter genauso vermissen wie wir. Aber diese Frauen haben sich fest vorgenommen, in Muttis Fußstapfen zu treten und ihre Arbeit weiter zu machen. Am Ende dieses Tages merke ich, dass ich nicht nur von meiner Mutter Abschied nehmen muss. Auch viele gute Freunde der Familie werde ich nie wiedersehen. Das macht mich sehr traurig. Jeder, der sich verabschiedet, äußert den Wunsch, den Kontakt nicht vollständig abbrechen zu lassen. Auch sie haben das Gefühl, als müssten wir diesen Zusammenhalt bestehen lassen. Ich versichere allen, die es wollen, mich in Abständen zu melden. Auch verspreche ich, einen Besuch im Frühjahr zu machen. Und diese Versprechen nehme ich ernst. Tante und Onkel, die ich nur ein- bis zweimal im Jahr angerufen habe, rufe ich jetzt regelmäßig an. Mit meiner Patentante habe ich wieder nach Jahren Kontakt. Das finde ich ganz wunderbar. Der Geburtstagskalender von meiner Mutter hängt in meiner Küche. Ihre besten Freunde sollen von mir einen Gruß bekommen, wenn sie Geburtstag haben. Wir haben ein Erbe bekommen, das etwas ganz Besonderes ist. Es ist ein Erbe, das ich gerne antreten werde. Ich werde in ihrem Sinne die Kontakte zu Freunden pflegen und das LEBEN sinnvoll und verantwortungsbewusst gestalten.

Traum oder Albtraum

In jungen Jahren hat man Vorstellungen darüber, was man im Leben alles erreichen möchte bzw. erlebt haben möchte. Das hatte ich auch. Mit sechs Jahren wollte ich Stewardess werden, wie alle Mädchen meiner Klasse, heiraten, Kinder bekommen, ein schönes Haus mit Garten haben. Und der Ehemann müsste natürlich ein Millionär sein. Später konkretisierten sich die Wünsche. Mein Ehemann sollte folgendermaßen aussehen. Dunkle Haare, groß sollte er sein, sportlich und klug, kinderlieb und ja-natürlich reich, dieser Wunsch war geblieben. Der erste Freund, den ich mit 13 hatte, war blond, unsportlich und kleiner als ich. Der zweite Freund war groß, dunkelhaarig und sportlich. In der Schule war er doof, und nachmittags fand man ihn nur auf dem Tennisplatz. Mit dem dritten Freund sah ich eine echte Chance auf die Erfüllung meiner Träume. Er war drei Jahre älter als ich, war sportlich, rauchte Camel-Zigaretten, trank Alkohol nach heiß erkämpften Tennissiegen, was ich cool fand, und hatte gerade das Abitur in der Tasche als ich ihn näher kennenlernte. Nur die Haare waren eher hell als dunkel. Und ob er kinderlieb war, musste ich wohl erst noch herausfinden. Es kam, wie es kommen sollte. Freundschaft, Verlobung, Hochzeit, Scheidung. Verliebt, verlobt, verheiratet, geschieden. Aus der Traum. Albtraum. Es mussten andere Träume her. Träume verändern sich mit der Zeit. Jetzt im Alter sind die Träume von der Zukunft doch eher bescheiden. Die einen träumen von schönen Urlauben in ferne Länder, die anderen von Hobbys, die sie sich zulegen wollen. Die Wünsche von Frauen sehen da meist anders aus, als die Wünsche der Männer.

Durch Zufall wurde ich Zeuge einer sehr interessanten Unterhaltung zwischen zwei Herren. Es ging um die Erfüllung *ihrer* Träume. Das Thema ihres Dialogs war so spannend, dass ich neugierig wurde und lauschte.

Wer ist schon mal in einem Swingerclub gewesen? Niemand? Das glaube ich gern. Genau das war das Thema der Unterhaltung. Da dies für mich böhmische Dörfer waren, hörte ich mit wachsendem Interesse zu. Ich hätte auch nie gedacht, dass ich mal einen Swingerclub von innen sehe, so kam es mir vor, als die Herren ihren Bericht starteten. Kann man das vergleichen mit einem Bordell? Nein. Das ist es nicht. Der Unterschied zwischen Bordell und Swingerclub, so hörte ich, ist, dass man in einen Swingerclub nur als Paar hineinkommt, einen Eintritt bezahlt und sich dann mit wem auch immer amüsiert. Im Bordell gibt es käufliche Frauen, die sich der Mann aussuchen kann. Der eine Herr, nennen wir ihn Hans, hatte eine Begleiterin, Uschi, die er überredet hatte, mal so einen Club zu besuchen. Er war eine Generation älter als sie und auch unerfahren mit so einem Clubleben. Er tat jedenfalls so. Im Vorfeld mussten sie alles gut planen, damit sie unentdeckt blieben. Er war verheiratet. Aber nicht mit ihr. Die erste Frage, die sie sich stellten war: was ziehen wir an? Für sie war das einfach. Spitzen-BH und passender Slip. Aber er? Weiße Schiesser-Feinrip-Unterhose in XXL war unsexy, fand er. Es sollte eine schwarze Unterhose sein, die er aber nicht besaß. Damit seine Frau nichts merkte, sollte Uschi ihm eine kaufen. Da fing die Schwierigkeit schon an. Tanga? Um Himmelswillen nein! Boxershorts? Fand sie auch nicht sexy.

Nach etlichen Wäscheabteilungen in Kaufhäusern- natürlich nicht am Wohnort- hatte Uschi schließlich eine Hose erstanden und konnte nur hoffen, dass sie passt. Größe 58-60 sei schwer zu bekommen, sagte sie. Und sieht auch nicht sehr erotisch aus. Aber egal. Sie musste sie ja nicht anziehen. Der Tag war geplant. Sie setzten sich ins Auto und fuhren los.

Etwa 80km weit weg, da lag das Ziel des Tages. Das Navigationssystem dirigierte sie sicher und zügig Richtung Abenteuer. „In 50 Metern biegen Sie rechts ab, Sie haben Ihr Ziel erreicht." Ich werde mir, liebe Leser, ein paar literarische Freiheiten nehmen, damit der Herrenbericht nicht zu langatmig wird.

Da war es – das Etablissement. Ein normales altes Haus mitten im dunklen Wald. Keine Nachbarn, keine Durchfahrtsstraße. Ganz einsam stand es da. Unauffällig und unschuldig. Nur der Kuckuck in der Baumkrone begrüßte sie fröhlich. Auf dem Parkplatz fielen ihnen etliche Kameras auf. Sie wurden beobachtet. Und es kamen teure Autos angefahren, die ebenfalls auf den Parkplatz zusteuerten. Es stiegen ohne Ausnahme ältere Herren aus mit sehr viel jüngeren Damen. Wahrscheinlich Chef plus Sekretärin oder Arzt plus Krankenschwester oder alter Sack plus Geliebte. Auf jeden Fall keine Ehepaare. Es sah zumindest so aus. An der Eingangstür mussten sie klingeln. Die Tür öffnete sich, und sie betraten einen Vorraum, in dem die Dame des Empfangs saß. Diese Dame sah aus wie ein Knusperhähnchen. Braun gebrannt von täglichem, stundenlangem Solarium. Dass ihre Haut nicht bei jeder Bewegung knisterte und raschelte, war alles. In diesem Vorraum befanden sich etwa fünf Bildschirme, die den Blick auf jede Ecke des

119

Parkplatzes einfingen. Bösewichte oder eifersüchtige Ehepartner wurden direkt entdeckt und die Türe verriegelt, falls Gefahr drohte. Hier war man sicher. Nachdem der Eintritt bezahlt war, gingen sie in den Umkleideraum. Hier war es dermaßen dunkel, dass sich ihre Augen erst einmal an das nicht vorhandene Licht gewöhnen mussten.

Lediglich eine rote Lampe tauchte den Raum in ein diffuses Rotlichtmilieu ein. Ansonsten gab es etliche aneinandergereihte Spinte wie in einer Sportumkleide, in denen sie ihre Alltagsklamotten hängen konnten. Es war gut, dass es so dunkel war, denn der melierte Teppichboden hatte seine besten Jahre schon hinter sich, klebte, roch muffig, und Spinnweben und tote Käfer zierten die Ecken des Raumes. Nicht schön! Die Paare, die sich mittlerweile eingefunden hatten und alle zunächst in den Umkleideraum gehen mussten, beäugten sich mit neugierigen und lüsternen Blicken. Jeder wurde direkt eintaxiert. Wie? Das würde sich in den nächsten Stunden zeigen. Die schwarze, neue Unterhose hatte ihre Premiere, passte zum Glück, nur die Schuhe waren eine Katastrophe. Für Uschi jedenfalls. Badelatschen vom Feinsten. Asiletten, wie die junge Generation sie nennt. Furchtbar. Aber barfuß laufen war unter den Umständen keine Alternative. Fast alle Herren hatten Latschen an den

120

Füßen. Ein erotisches Umfeld sieht in Uschis Kopf anders aus. Aber sie wollte kein Spielverderber sein. Es gab bildhübsche Mädchen, aber auch Frauen wie Otto Normalverbraucher. Also moppelig ohne Bikinifigur, obwohl sie einen an hatten. Nachdem sich alle Anwesenden gestylt hatten, begaben sie sich in einen Raum mit Bar bzw. einer Theke. Dort konnten sie Getränke wie Kaffee, Wasser, Saft, Bier, Sekt oder Wein bekommen. Getränke waren im Preis inbegriffen. Nur Champagner musste extra bezahlt werden. An der Bar konnten sich die Gäste mit Alkohol auf die nächsten Stunden einstimmen oder auch Mut antrinken. Hans und Uschi beschlossen, sich die anderen Räume anzuschauen. Eine Treppe tiefer befanden sich Duschen, ein Swimmingpool, eine Sauna und eine dunkle Kammer, die aussah wie eine Hundehütte mit runder Öffnung für ganz große Hunde. Dort konnte man, wenn man auf allen Vieren robbte, hinein krabbeln und sich zu zweit, dritt oder viert amüsieren. Innen war die Luft zum Schneiden. Das war nur etwas für sportliche Freaks. Also weiter. Das nächste Zimmer sah aus wie eine Folterkammer. Peitschen, Fesseln, eine Bank mit Gurten, auf der man festgeschnallt werden konnte. ´Sado-Maso´ stand dort als Schriftzug. Eine nächste Treppe führte nach oben zu einem großen Raum. Links und rechts an den

Seitenwänden befanden sich fünf bis sechs Matratzen nebeneinander, in der Mitte des Raumes ein großes rundes Bett. Daneben kleine Plastikschalen mit Kondomen zur freien Verfügung. Das lustvolle Gestöhne kam aus Lautsprechern. An der Decke waren riesige Spiegel. Auch hier war das Licht rot. Jeder Besucher konnte sich die Location aussuchen, in der er Spaß haben wollte oder mit wem. Das war es also, was Hans als die Erfüllung seiner Träume ansah.

Meine Träume sind dies nicht, musste ich nach diesem Bericht feststellen, aber jedem Tierchen sein Pläsierchen.

Was sind denn nun meine Träume für die Zukunft? Gar nicht so einfach, vergrabene Träume aufzuspüren. Noch war ich nicht so alt, dass ich es aufgegeben hatte, mich auf Neues einzulassen. Aufregung, Enttäuschung, Kummer und Schmerz hatte ich genug gehabt. Jetzt hatte ich Zeit für die Verwirklichung meiner Träume. Aber welche Träume hatte ich denn? Stundenlang, nein wochenlang, habe ich darüber nachgedacht, was ich denn für Träume habe. Mir fiel nichts ein. Ich hätte tausend Dinge aufzählen können, die ich *nicht* wollte. Wie zum Beispiel sich unterordnen in einer Beziehung oder ständig Kompromisse eingehen müssen, Rechtfertigungen, Kontrollen, schlechte

122

Laune eines Partners erdulden usw. Die 'Negativliste' wurde lang und immer länger. Aber was konnte ich auf die positive Seite setzen? Mir fiel nichts ein.

Mir fiel ein, was meine Mutter immer für weise Sprüche hatte, wenn eines ihrer Kinder einen runden Geburtstag hatte. Als ich vierzig wurde bekam ich Folgendes zu hören:

„Die Zeit zwischen 40 und 50 Jahren ist die Zeit, in der du an dich denken sollst. Die Kinder sind aus dem Gröbsten raus, nun must du den Grundstein legen und die Weichen stellen für dein eigenes Leben und für dein eigenes Glück– sowohl privat als auch beruflich. In der Zeit zwischen 40 und 50 Jahren bist du noch tatkräftig genug, dein Leben zu ändern." Als ich fünfzig wurde sagte sie mir Folgendes:

„Die Zeit zwischen 50 und 60 Jahren ist die Zeit der Beständigkeit und Ruhe. Du weißt, was du willst. Krankheiten sind noch erträglich. Nutze diese Zeit für dich. Frage dich, was du vom Leben noch erwartest und arbeite darauf hin. Pflege Freundschaften. Sie werden im Alter immer wichtiger."

Als ich sechzig wurde, war meine Mutter schon gestorben. Ich hätte gerne gewusst, was sie mir diesmal mit auf meinen Weg gegeben hätte. Jetzt musste ich es alleine herausfinden. Ich musste mich auf mich selbst besinnen. Was kannst du, was magst du, was interessiert dich?

Also gut: was kann ich? Ich kann mit viel Geduld und Ausdauer eine angefangene Arbeit erledigen. Das kommt mir bei der Arbeit an der Rezeption in einer Seniorenresidenz sehr gelegen. Die vielen dementen Bewohner können sehr anstrengend werden, wenn sie an einem Tag hundert Mal dieselben Fragen stellen. „Wo muss ich jetzt hin? Wie viel Uhr haben wir? Wo ist meine Wohnung?" Herr Schmidt stellt es ganz besonders charmant an. „Sagen Sie mir doch mal, welchen Tag haben wir heute? Ich habe mehrere Kalender, und auf jedem Kalender ist ein anderer Tag zu lesen." Nach der Antwort ist er zufrieden, bis zehn Minuten später wieder das Telefon klingelt und Herr Schmidt dieselbe Frage stellt. Da heißt es geduldig darauf antworten als höre ich die Frage zum ersten Mal. Je ungeduldiger und barscher die Antwort ausfällt, desto nervöser und ängstlicher werden die dementen Bewohner. Frau Schormann ist auch hochgradig dement und zusätzlich depressiv. Ihr Mann, mit dem sie in der Seniorenresidenz seit ein paar Jahren wohnt, muss ins benachbarte Altenheim, da er sehr viel mehr Pflege benötigt als in diesem Haus gewährleistet werden kann. Als er ausgezogen ist und seine Frau alleine zurücklässt, werden ihre Depressionen immer schlimmer und ihre Demenz dramatisch. Schluchzend steht sie vor mir. „Ich bin so alleine. Keiner ist mehr bei mir. Was soll ich bloß machen? Seien Sie froh, dass Sie noch mit ihrer Familie zusammen wohnen." Ich antworte: „Ich lebe genau wie Sie auch alleine. Mein Mann ist ausgezogen und meine Kinder sind erwachsen und wohnen woanders. Ich finde es nicht schlimm, dass ich alleine bin." Frau Schormann: „Wieso wohnt ihr Mann nicht mehr bei Ihnen?" Ich erzähle ihr von der Scheidung und den Problemen. „Ach so, ja dann können Sie ja froh sein, dass Ihr Mann jetzt nicht mehr bei Ihnen ist. Meinem Mann scheint es ja im Altenheim richtig gut zu gehen. Er will mich gar nicht mehr sehen. Sie haben es gut. Sie wohnen mit ihrer Familie und Ihrem Mann zusammen." Und wieder ein Schluchzen, und das Gespräch beginnt von vorne. In mir schlummert eine Gelassenheit, die mir hilft, in stressigen Situationen Ruhe zu bewahren. Unseren verwirrten Senioren ist es egal, ob heute Montag oder Freitag ist. Ob Tag oder Nacht. Jeder Tag verläuft auf gleiche Weise. Morgens aufstehen, anziehen, frühstücken, aufs Mittagessen warten, Mittagsschlaf machen und am Nachmittag auf den Abend warten, damit man wieder ins Bett gehen kann. Ein Kreislauf, der sich Tag für Tag wiederholt. Da passiert es schon mal, dass um 23 Uhr einem

Bewohner einfällt, dass er noch etwas Brot und Aufschnitt braucht und losgeht, um einzukaufen. Mit Pantoffeln und Morgenmantel, den das hatte die Pflegekraft ihm schon angezogen. Schwierig wird es dann, wenn die Haupttür verschlossen ist und ein anderer Weg gesucht werden muss, um zu den Geschäften zu gelangen.

Es gibt aber auch Senioren, die sich für die kulturellen Veranstaltungen interessieren. Mich hat schon immer die Musik interessiert. Ich spiele ein Instrument und bringe es Kindern und Erwachsenen bei. Das erfordert Geduld, Ausdauer und Gelassenheit, die ich ja habe. Die Musikstunden sind jetzt kein Lebenstraum von mir, aber sie erfüllen und erfreuen mich dennoch. Immerhin habe ich eine abgeschlossene pädagogische Ausbildung und Spaß im Umgang mit Menschen, also nicht nur mit Senioren, sondern auch mit Kindern.

Ich bin mittlerweile über 60 Jahre alt und fühle, dass ich noch nicht am Ende meines Lebens angelangt bin. Ich bewerbe mich an einer offenen Ganztagsschule, um mit verhaltensauffälligen bzw. verhaltenskreativen Kindern die Hausaufgaben zu machen. Meine eigenen Kinder finden, dass mich diese Tätigkeit von einer Demenz verschonen wird. Hoffentlich haben sie recht!

180 Kinder rocken die Schule. Ein Höllenlärm auf dem Pausenhof empfängt mich. Raufende Jungens, kreischende und petzende Mädchen. Der Alltag dieser Generation. Die ersten neugierigen Mädchen nähern sich mir und wollen wissen wer ich bin und warum ich hier bin. Nach meiner Antwort sind sie zufrieden und schwirren ab. Ein paar Jungs machen mir direkt klar, wer hier das Sagen hat. „Ey Alter, pack misch bloß nisch an, isch hab kein Bock auf disch!" Die Bengels sind in der 2.Klasse, also höchstens 7 Jahre alt. Ich glaube, sie meinen mich. Aber ich reagiere nur mit Lachen. Ich finde diese Sprache einfach voll krass oder asi, um im Jargon der Kinder zu reden. Dreizehn Kindern soll ich Lesen, Schreiben und Rechnen schmackhaft machen. Einfacher gesagt als getan, denn ich habe es hier mit ADHS-Kindern, also Zappelkindern, mit lernbehinderten und traumatisierten Kindern zu tun, die mit ihren Gedanken ganz woanders sind. Verhaltenskreative Kinder, wie man sie jetzt nennt. Eine große Herausforderung für mich. Dass ich alt bin, wird mir am ersten Tag schon deutlich gemacht. „Bist du eine Oma?" „Warum", will ich wissen. „Weil du so weiße Haare hast." Ach so. „Ich habe schon weiße Haare gehabt, da war ich gerade erst vierzig Jahre alt. Und da war ich noch keine Oma." „Voll krass. Meine Mama ist jetzt 40 Jahre alt. Wenn die

weiße Haare kriegen würde, würde die einen Nervenzusammenbruch kriegen." Ein afrikanisches Kind hat die Lösung. „Aber es gibt doch Farbe dafür." Auf diesem Gebiet sind die Grundschüler gut informiert, scheint mir. „Ist mir zu teuer", sage ich. Ein kleines türkisches Mädchen steht mir bei. „Ich finde die weißen Haare toll!" Das Thema ist vom Tisch. Ich werde akzeptiert, so wie ich bin. Eines habe ich in den ersten Tagen schon gelernt. Konsequentes Handeln. Ein Beispiel. Nach dem Mittagessen rufe ich Daniel:

„Daniel, komm mit. Wir müssen Hausaufgaben machen!" Daniel: „Och nee, ich will noch was spielen. Bitte. Ich komme später, versprochen." Ich gebe nach und habe verloren. Und das ist mir in den ersten Tagen ständig passiert. Kein Kind ist mitgekommen. Sie haben sich, schlau wie sie sind, auf dem Schulhof oder in den Klassen versteckt, damit ich sie nicht finde. Hinzu kommt noch, dass ich zu den kuriosen Vornamen Basak, Jaden, Can oder Leys keine Ahnung habe, welches Kind ich betreuen soll. Ich habe ja kein Gesicht zu den Namen. Ich hätte nicht gedacht, dass ich innerhalb einer Woche meine dreizehn Kinder auf dem Schulhof erkenne.

Mein Gehirn hat eine neue Arbeit aufgenommen. Erfolgreich. Am Anfang habe ich mir ihre Jacken gemerkt. Aber das hat nicht so gut funktioniert, weil momentan ein Modell etwa fünfmal vertreten ist. Jetzt finde ich ´meine´ Kinder in ihren Lieblingsecken. Der eine ist in der Bauecke, ein anderer auf dem Fußballplatz usw.. Mittlerweile sage ich: „Daniel, du kannst noch etwas spielen, wenn du willst. Aber wenn ich dich um 14 Uhr rufe, dann musst du mitkommen. Ok?" Dann ist Daniel bereit, mir zu gehorchen. Er kommt auch. Meistens jedenfalls. Wenn er dann da ist, feilscht er mit mir um die Menge der Aufgaben, die er machen soll. Meine Antwort: „Wenn du die Hausaufgaben nicht machst, bekommst *du* den Ärger von deiner Lehrerin, nicht ich." Ich bekomme ein ´mir doch egal´ zu hören, und das Kind haut ab zum spielen. Diese Antwort gebe ich mittlerweile nicht mehr, denn es hat sich unter meinen Kindern ganz schnell herum gesprochen, dass sie nicht alle Arbeiten erledigen müssen, wenn sie nicht wollen.

Kollektive Arbeitsverweigerung ist das Resultat. Nach solchen Stunden bin ich platt und zweifele daran, ob ich die richtige Entscheidung getroffen habe, diese Arbeit anzunehmen. Aber wer A sagt, muss auch B sagen. So schnell gebe ich nicht auf.

Hier an der Schule lauern aber noch ganz andere Gefahren, von denen ich jahrelang verschont geblieben bin. Zahlreiche Bakterien, Läuse, Viren,

130

Rotznasen und Husten greifen mich tagtäglich an. Bevor ich mit meiner Arbeit beginnen kann, muss ich erst einmal eine Packung Taschentücher verteilen und den Bengeln beibringen wie man sich eine Nase richtig putzt. Tue ich das nicht, läuft der eitrige Rotz direkt Richtung Mund und wird aufgeleckt bevor ich mich versehe. Ekelig! Elf Jahre lang war mein Körper an Darmkeime gewöhnt und mit Abwehrkräften gestärkt, aber diese geballte Ladung von Bakterien der Kinder muss mein Körper erst wieder kennenlernen. Ein Husten, eine Erkältung nach der anderen plagen mich in den ersten Wochen meiner neuen Tätigkeit. Und weil ich auf die Signale meines Körpers achte, plane ich jetzt einen Urlaub. Eine Luftveränderung wird mir gut tun. Diesmal muss es aber nicht wieder in die Ferne gehen. Nein, die deutsche Ostsee reicht aus. Dort versteht man meine Sprache, und ich kann vom ersten Tag des Urlaubs an entspannen und mich erholen. Und wenn ich wieder zurück bin, gibt es sicher wieder Neues zu berichten.

Das Leben kann durchaus schön sein, auch wenn man alt wird.

Ende